新潮文庫

贈られた手

家族狩り

第三部

天童荒太著

贈られた手

家族狩り　第三部

「もしもし、あの、わたし……匿名《とくめい》でもよろしいですか」

「もちろんですとも。よくお電話をくださいました」

「いえ……」

「ちょっとしたことでも、勇気は必要ですもの。どういった、お話でしょうか」

「はい……あの、このところ、恐ろしい事件がつづいていますでしょう。子どもが加害者になるケースも、被害者になるケースもあって、つくづく恐ろしい時代になったと思うんです」

「ええ、本当にねえ」

「家庭内での痛ましい事件が、とても増えてるように思うんです」

「つらいことですね。ニュースを見聞きするこちらまで胸が痛くなります」

「自分の家庭がどうこうということでなく、こうした問題について、真剣に誰かとお話ししたかったんです。こういう話って、あまり人とは話せないもんですから」

「お宅のなかでも、話されないんですか」

「夫は、仕事から疲れて帰ってきたのに、重い話は勘弁しろって感じです。子どもは、二人ともまだ小学生ですし。実家の親も、もともとそういう話は苦手な人たちで……もし話したら、うちに何か問題があるんじゃないかって心配すると思います」

「お友だちとも、話されません？」

「少しは話します。怖いわねぇ、とか。どうしてこんな時代になったのかしらねぇ、とか。でも、それだけです。ため息をつきながら感想を言い合って、終わりです。だから今後はどうしようとか、地域やグループでこれはもうやめて、明日からこれを始めようなんて、具体的に何かを変える話にはなりません」

「あなたはそうしたことまで話したいんですね？」

「はい。でも、そういうことを言いだすと、妙な目で見られそうで……。結局は、子どもの学校のことと、テレビのこと、あと家族の健康についての情報交換なんかで、話を濁しちゃうんです。みなさん、やっぱりどこかで他人事《ひとごと》なんだろうと思います」

「あなたは、他人事でなく、わがこととして感じてらっしゃるのね」

「毎日、いえ毎時間、毎分、心配なんです。うちは大丈夫か、ご近所は問題ないかしらって……相談する相手もいないから、一人で悩んで、眠れないこともあります」

「電話相談を受けていて感じることですけど、あなたのように不安を感じて、苦しんでいる方は、意外に多いのかもしれませんよ」

「だったら、みなさんもっと声を上げればいいのに……」

「それも、あなたと同じで、話したいけど、妙に思われないかって、縮こまってるんじゃないかしら。多くのご家庭が、いまの社会全体の雰囲気によって、孤立させられてるように思います。結果として、自分の家のことばかりになってしまうんでしょうね」

「でも、自分の家だけ見てても、限界があると思うんです。だって、うちの子がどれだけいい子に育っても、お隣の子が問題を起こすようになったとしたら？」

「どんなことを考えてらっしゃるの」

「たとえば……ご近所のお子さんが凶器を持って、うちの子の学校に来たらどうしよう、下の子をさらっていったらどうするのって……。想像しただけで、もう心臓が苦しいんです。実際そうしたことが、毎日、この世界のどこかで起きてます」

「よく理解できます。本当に世界中でひどいことが起きてますね」

「なのに、解決策ってないでしょう？　日本だけじゃなくて、世界のリーダーって呼ばれてる人たちも、何も言いませんよ」

「本当ですね」

「サミットだとか、G8とか、ああいう偉い方々は、みなさん住民の税金を使って、話し合うんでしょう？　どうして、こういう大事なことは話されないんですか。株価が百円下がるより、家族や子どもがひどい目にあうほうが、怖くないですか。毎日毎日、円が一円下がった、ドルが少し上がったって、テレビで騒いでます。そのあいだに、子どもに危険が迫ってるかもしれないのに……なぜです」

「そう……一番難しいことだからかもしれませんね。たぶんリーダーと呼ばれている方々も、ご自分の家族のことでは悩まれてて、うまく解決できないということも、あるんじゃないかしら。世界中が、一番困難な課題は避けて、安易なほうへ逃げてるということかもしれないですね」

「納得いかないんです。夫や子どもが外出したら、無事に帰ってくるまで、ひやひやしながら待ってるなんて……」

「政治にしろ経済にしろ、また環境にしろ、人々が何を一番大切に考えているか、という根本の姿勢が反映されるんだと思います。それが暮らしてる場所や、末端の子どもたちへもかえってくるんです。だから、現在の子どもたちの危機は、世界の真ん中に据えられている考え方の、一つの結果なのかもしれません」

「ああ……わたし、そうしたことを、もっと知りたいんです。自分の家だけでなく、周りの子どもたちの幸せのためにも、必要だと思うんです。だって、めぐりめぐって、わたしの子どもにもかえってくることでしょ。もっと話してくださいませんか」

「ええ、お互いに話しましょう。ご一緒に、もっともっと、話し合っていきましょう」

【二〇〇三年　七月三日（木）】

少女の養護施設への入所が決まった。

氷崎游子《ひざきゆうこ》は、処遇課長と児童福祉司とともに、少女を養護施設に送り届けることになった。処遇課長は免許を持っておらず、四月に異動してきた児童福祉司は施設までの道を知らない。そのため、児童相談センターの車を游子が運転した。

昨日の大雨は、朝のうちに上がっていた。長く雨を降らせていた前線も去って、関東もいよいよ夏を迎えるらしい。

車は、渋滞もなく順調に都心を離れ、千葉県寄りの古くからの住宅地に入った。狭い道を進み、道路沿いに小さな畑が現れたところで、脇道《わきみち》に折れる。やや広い空き地に出て、車を止めると、その奥に、三階建ての古い洋風の建物が、ひっそりと目立たない雰囲気で建っていた。

もとは大正時代に、小児科の医院として建てられたものだった。創立した医師が震災で亡《な》くなったあと、昭和初期に篤志家《とくしか》が孤児院にし、身寄りのない子を保護していたという。戦後、官がそれを買い上げ、養護施設として運営するようになったと聞いている。

游子は、皆が降りやすいよう、施設の門前で車を止めた。処遇課長がうながすと、駒田《こまだ》玲子《れいこ》は素直に車を降りた。彼女は、半ズボンにTシャツ姿で、洗ったばかりの白い靴をはいている。一時保護所の保育士が、彼女の髪を肩の上でカットし、ブラッシングもして、傷《いた》んでいた髪にもつやが出ていた。

「玲子ちゃん、ランドセルを持ちなさい」

処遇課長に言われ、玲子は傷だらけのランドセルを背負った。ほかに生活してゆくのに必要なものや着替えなどをつめたバッグは、児童福祉司が持った。

車を空き地の隅に駐車し直してから、游子は彼らを追った。車の音に気づいてだろう、施設の女性職員が迎えに現れていた。

ベテランの児童指導員である彼女は、玲子の措置《そち》入所が決まった時点で、児童相談センターを訪れて面接もすませている。彼女は、腰をかがめて玲子に、

「いらっしゃい、待ってたのよ」と笑いかけた。

玲子は、黙っていたが、

「こんにちは、じゃないのかな？」

処遇課長に言われると、黙ったまま、ちょこんと頭を下げた。

施設内は、玄関を入ってすぐに待合室風のロビーがある。廊下がまっすぐ伸び、職員室や食堂へとつづいていた。

かつて入院用の病室があった二階と、看護婦らの部屋があった三階が、子どもたちの居室になっている。子どもたちが集団で暮らしている場所にしては、意外に静かだった。学齢児童がそれぞれ小、中、高の学校に行っている時間だからだろう。

游子たち四人は、園長室に通された。診察室だった面影が少し残る、飾りけのない部屋には、奥に園長用の大きなデスクがあるほかは、簡素な応接用のソファ・セットが置かれているだけだった。園長は、総白髪の髪をやや長く伸ばした、細身の男性で、柔らかな笑顔で挨拶《あいさつ》をし、皆に腰を下ろすよう勧めた。児童指導員が、左手のソファに少女を腰掛けさせ、自分がその隣に、游子たち三人は向かい側のソファに、並んで腰を下ろした。

「今日は、昨日に比べてまたずいぶんと暑いですな」

部屋にはエアコンがなく、園長は、扇風機を皆のほうへ向けた。彼は、左右に分かれた両者をとりもつ位置のソファに腰を下ろして、

「お父さんはまだ見えてません」

と、報告するように言った。

駒田も今日この場に同席するはずだった。

ひと月あまり前、駒田が一時保護所に怒鳴り込んできたとき、居合わせた馬見原《まみはら》が、彼を取り押さえた。そのときの馬見原の睨《にら》みがきいたのかもしれない。駒田は、児童相談センターでの話し合いに現れて、しばらく娘を養護施設に預け、自分の生活を安定させることに専念すると約束した。週に一度、娘に面会はできるが、生活の状態が明らかによくなり、子どもを迎えるのに問題ないと施設側が認めたときに、引き取りは可能になるということも、わかったよ、それでいいと、はっきり答えた。

「まあ、そのうち来られるでしょう」

園長は、游子たちのほうを見て、玲子の近況について訊《たず》ねた。

児童福祉司の奥浦が、おおむね落ち着いている旨《むね》を説明した。四月末、玲子を最初に保護したとき、游子と同行したのが彼だった。以来、彼が担当者なのだが、玲子が心を開かず、ほとんど話をしないこともあって、彼が玲子について話せることは少ない。実際は一時保護所の保育士たちが見聞きしたことを、彼がそのまま園長に伝えるに過ぎなかった。

玲子の目は、その間どこも見ていない様子で、斜め下の中空に向けられていた。周りに何が起きても、感じない、考えない、心も動かさない、ただ言われるままに動くだけと決めているかのようだった。

別の職員によって、お茶が運ばれてきた。少女の前にだけオレンジジュースが置かれ、

「玲子ちゃん、ジュースをどうぞ」

隣の児童指導員が、笑顔で勧めた。

玲子は、いただきますも、ありがとうもなく、グラスを口に運び、一気にジュースを飲み干した。空のグラスをテーブルに戻し、変わらない姿勢で腰掛けつづける。飲みたくて飲んだというより、厄介事をひとつ片づけたような感じだった。園長や児童指導員は、彼女の態度や表情を注視しながらも、さほど驚いた様子ではなかった。慣れているのだろう。

約束の時間を一時間過ぎても、駒田は現れなかった。

「道に迷っているということも、ありえるのかな」

処遇課長が、愛想笑いを浮かべて言う。

「しかし、地図はちゃんと渡しましたしね。大丈夫だと、彼も言ったんですよ」

奥浦がしきりに首をかしげる。責任を感じたのか、彼は近所を確認しにいった。

待っているあいだ、玲子に対して、児童指導員が施設内を案内することになった。よかったらどうぞと言われ、游子も一緒について歩いた。

玲子は二階の四人部屋に入ることになっていた。中学に進学すると三階の二人部屋に移るという。児童指導員から居室での規則が伝えられ、次に一階に戻って、食堂や浴室に案内された。食堂の向こうには庭が広がり、たくさんの洗濯物が干されている。庭の砂場のところでは、学齢に達していない子どもたちが、若い女性職員に見守られて遊んでいた。

「玲子ちゃん、トイレはいいの？」

児童指導員が、トイレを案内しているおりに訊ねた。

玲子は返事をしなかった。

「さっきジュースを飲んだから、しておいたほうがいいわね。してきなさい」

強く言われると、彼女は命令におとなしく従う形でトイレへ入った。児童指導員は、游子を振り向いて、

「ずっとこんな感じ？」

「……そうです」

游子は答えた。

「意思を押し殺してると、ここの生活に慣れるのにも、時間が余計にかかるのよ」

「わかります」

「自分から動こうとしないから、周囲を苛立《いらだ》たせるの。イジメに近いことが起きる可能性もあるから心配ね……。せめてお父様が見えて、玲子ちゃんに直接、きっと迎えにくるから、しばらく頑張れとでも言ってくれると、多少は違うんだけど」

そのあと園長室に戻ったが、駒田はやはり来ていなかった。奥浦も帰ってきて、疲れた顔で、首を横に振る。駒田への連絡方法もなく、約束を一時間半ほど過ぎたところで、

「どうやら、今日は来られないようですね」

園長があきらめたように言った。

「すみません」

処遇課長が代わって謝った。このまま児童相談センターの三人は、玲子を残して帰ることになり、

「それじゃあ、よろしくお願いします」

処遇課長に合わせ、游子たちも深く頭を下げた。

玲子は、園長にうながされて、ロビーまで游子たちを見送りに出てきた。だが彼女

は、最後まで游子を見ることはなかった。

外へ出て、車に乗り込む段になり、

「やっぱり最初が悪かったんだな」

奥浦が皮肉っぽい口調で言った。四月の介入時に、游子が駒田と衝突したことを言っているらしい。

游子は彼の言葉を聞き流した。あのときは玲子を救うため、最善と思う方法をとったまでだ。それよりいま、玲子が意思を押し殺したままでいることのほうが気になる。父親が来なかったことで、いっそう自分を追い込んでしまいかねない。

「すみません、忘れ物をしました」

游子は、二人に言って、施設へ戻った。

玄関ロビーに、玲子や職員の姿はなかった。園長室のドアが半分開いている。園長は電話中だった。ほかに人の姿はない。

游子は二階へ上がった。

あてがわれた部屋に玲子はいた。二段ベッドの下の段に腰掛け、背中を丸めて、ぼんやり足もとを見ている。心細さにふるえているようだ。

だが、游子の気配を感じ取ったのだろうか、いきなり彼女の背筋が伸び、険しい視線をこちらへ振り向けた。猫科の獣が毛を逆立て、身構えるのに似ていた。

游子は思い切って前へ進んだ。膝《ひざ》を折って、玲子と同じ視線の高さになり、

「ずっと黙ってたね。わたしのことも一度も見ないし。わたしに怒ってるの？」

と、あくまで明るい口調で話しかけた。

玲子は、仮面をかぶっているかのように、表情をまったく動かさない。やはり口をきかない、相手も見ない、と決めているらしい。いまさらここにいたった事情を説明しても、自己弁護になるだけだろう。

「いいよ、怒っても。好きなだけ怒って」

游子はわざとすました顔で言った。

少女の瞳《ひとみ》が、ほんの一瞬だけ游子のほうに動きかけ、すぐ元へ戻った。

「怒るのは当然かもしれないね。納得がいかないんでしょ。だったら頑張って、怒りつづけてみて。わたし、また会いに来るから」

少女の眉《まゆ》がわずかに動く。困っているのか、考えているのか。少なくとも微妙な心の変化が起きているらしい。

「わたしね、もりもり食べて、運動もして、いまよりもっと強くなって会いに来るから」

自分はこの子をいじめていることになるのだろうか、傷つけているだけなのだろうか……わからない。文献などない、あてにならない。勇気をふりしぼるしかない。

「玲子ちゃんさぁ、病気になったり、何も食べずにガリガリになったりしたら、わたしに怒れないからね。もう戦えないから。わかってる？」

玲子が立ち上がった。游子をかわすようにして、部屋を出てゆく。すぐに追った。玲子は階段を駆け降り、玄関とは反対の食堂のほうへ向かった。さらに食堂の掃き出し窓も開け、庭へ出る。すぐに窓を閉め、窓をはさんで、絶対にここから出てくるなと言わんばかりに、游子を睨みつけてきた。

游子は食堂で足を止めた。しばらく玲子と見つめ合った。玲子は、庭の隅へ走りだし、塀の前でしゃがみこんだ。驚いた若い職員が、彼女のほうへ歩み寄ってゆく。たんに傷つけただけかもしれない。しかし、逃げたことも意思だった。

玲子が職員に背中を撫《な》でてもらっていることを確認して、游子は玄関へ引き返した。あとで児童指導員に電話で報告することを考えながら、車のところへ戻り、待ちくたびれた様子の処遇課長たちに謝った。

この日、游子は仕事が終わってから、約束があった。

大学時代の同級生が、いまは母校で講師をしており、夜間の学生に心理学を教えている。その彼女から、児童心理のゼミに出席して、学生たちの話し合いに参加後、現場の専門家として、アドバイスとなるような話を聞かせてほしいと頼まれていた。游子は、今日はもう精神的な疲れを感じており、できれば延期にしてもらいたかった。電話で相談すると、多くの学生が楽しみにしているからぜひと言われ、約束どおり、午後七時に間に合うよう、母校におもむいた。

ふだんのゼミの参加者は、十人程度と聞いていたが、小さなゼミ教室には、三十人ほどの若者が集まっていた。友人によれば、専門家の話が聞ける機会だということで、ゼミの枠を外して参加を自由としたため、学生が声を掛け合うなどして、予想以上に集まったらしい。『児童虐待《ぎゃくたい》はなくせるか』というテーマが、心理学を学んでいない若者にも興味をもたれたようだという。

学生たちのディスカッションは、予想していたよりもずっと活発だった。児童虐待の関連書籍やドキュメンタリーなどが増えたためだろう。よく勉強されており、ときに感情論で虐待の加害者だけを責める者がいても、別の学生が、虐待する親の大半も内面に傷を抱えているのだと、さとす場面もあった。

といって、虐待に対する感情的な嫌悪《けんお》が収まるわけでもない。勉強家の学生が、「虐待する親も、かつて虐待を受けていた場合が少なくない」と説明しても、「じゃあ、子どもを餓死させたり、暴力ふるって死なせた親を、あなたは許せるの？」と、現実的な学生に言い返されると、相手は言葉につまってしまう。或《あ》る学生は、とにかく虐待者は厳しく罰するべきだと言い、それでは虐待はなくならない、傷ついた子どもの心も癒《いや》されないと、別の学生が言い返す。また別の学生が、時代の変化や経済的な問題も関係しているのではないかと問いかけ、数人の学生が、そこまで広げたら議論にならないと答えた。

自分の身近に起きた例を話す者や、専門家に取材したことを話す者など、痛ましい虐待の話が発表され、許せないことだ、何かの手を打つべきだという点においては、参加者のほぼ全員が合意していた。しかし、では、どうしたらよいかという点になると、話し合いは具体性を欠き、沈黙が増えてゆく。游子たち専門家のあいだでも、よく見受けられる光景だった。

そうしたとき専門家のあいだでは外国の、主にアメリカ合衆国の、虐待に対するサポート体制の充実ぶりが例に挙げられる。比べて、日本の法律面や行政面での対応の遅れが指摘され、この面での拡充を望む声が、最も有効な解決策のように迎えられることが多い。このゼミ教室でも、最終的には同じ意見が出て、全員に受け入れられた。

游子はしかし、当の意見が出るたびに、違和感を覚えた。法律や行政の遅れを指摘して、みなが賛成だとうなずくことで、儀式が完結するような雰囲気があり……虐待に対する話し合いの結論が、すでに形式化しているとさえ思えるからだ。

政治家や法律家や行政の担当者は、入れ替わる。法律や行政の遅れを責めることは、実際には誰でもない、イメージとしての役人や政治家に責めを負わせて、複雑かつ厄介な問題を、実質的には棚上げにしてしまうことになりかねない。

たとえば、政治家に要望を出しつづけてゆくなり、様々な形でマスコミに訴えるなり、インターネットで人の輪を広げ、選挙民としての力を行使するなり、あるいは自分たちでサポートの会を立ち上げるなど、現実の行動に移さないかぎり、話し合いを丸く収めるための方便以上の力はもたない気がしていた。

だが、游子がいま学生たちにそこまで話してよいものか、一公務員としては出過ぎたことに思える。彼女の話す番になり、突きつめた考えはまだ口に出せず、

「皆さん、とてもよく勉強してらっしゃるので、感心しました」と切り出した。

嘘《うそ》でも皮肉でもなかった。児童虐待の問題が、数年前に比べて、広く認知されていることに嬉《うれ》しい驚きを覚える。一方で、なのに……と思わざるをえない。なのに、決して虐待が減っているわけではなく、表面化した虐待の相談件数はむしろ大幅に増えていることがデータ上には表れている。

勉強を始めたばかりの学生に、熱意だけではどうしようもない部分を、いかに、情熱を失わせず、理解してもらえるよう話せるのか、正直困惑して口も重くなった。

たとえばセックスの問題がある。年下の愛人とのセックスに溺《おぼ》れ、自分の子どもが愛人に殴られるのを、見て見ぬふりをしていた母親のことを、どう話せばよいだろう。その母親は、子どもを虐待したあといっそう攻撃的になる男のセックスを、喜び、期待して待っていたと語った。母親や男を責め、彼らの内面のトラウマを探究しても、それだけでは終わらない問題がある。性と愛の違いや、道徳では抑えきれない衝動とか性の根源的な意味など、自分ごときが明確にときほぐせる自信もない。

「うまく解決した例を話してもらえますか」

学生の一人に言われたが、どの実例を話したところで、人間がかかわる問題は、すべてが未解決としか言えなかった。

ずっと勉強してきた男女の社会的、および文化的な不平等の問題を、少しだけ取り上げ、日本はもちろん、いまの世界が、構造的に男性優位にできていることを自覚してほしい、と話してみた。そこここにある、差別的な価値観を見つめてほしい。そうした社会のあり方と、児童虐待の問題とは、実は切り離せない部分が多くあるのだから、と……。

だが、この問題提起も、今日はいつもより気弱になった。きっと游子自身の疲労が関係しているのだろう。いま実際につらい想《おも》いをしている子どもたち、たとえば駒田玲子に、男女の不平等さの影響をあてはめたところで、じゃあ彼女に対していま何ができるのかということを考えると、話の途中で気が萎《な》えてゆく。ただ、「考えつづけてください」ということは、彼女なりの願いとして強く伝えた。

「簡単に答えは出ないものです。良い結果がなかなか目に見えないだけに、投げ出したくなったり、あきらめたくなったりすることもあるでしょう。でも、複雑な問題を、複雑なまま受け入れて、悩みつづけてください。いつかは、いまよりもっとよい解答や、もっと効果のある行動が、見つかるかもしれないと願いながら……。それは、実際とても重い心の作業だと思いますけど」

最後は、彼女自身に言い聞かせているようなものだった。

ゼミ終了後、学生街の小さな中華料理店を貸切りにして、簡単な食事会が開かれた。テーマが重かったこともあってか、解放された印象の若者たちは、明るくはしゃぎ、テーブルのいたるところで笑い声がはじけた。游子は学生たちに囲まれ、いまの彼らには児童問題より切実なのだろう、就職に関するノウハウを多く質問された。

そうした話のほうが、今日のところは気が楽になるのを感じながら、

「この世界は大変よぉ」

と、游子は冗談っぽく脅すように言った。

「子どもの役に立ちたいなんて思ってたら、しっぺ返しを食うから」

食事会のあと、うちとけた学生たちからカラオケへと誘われたが、游子は辞退した。鞄《かばん》を中華料理店に置き忘れ、「お疲れみたいですね」と女子学生から渡された。周囲には笑いが起きた。

学生たちのカラオケに付き合う友人の講師とは、いずれまたと挨拶《あいさつ》を交わし、ようやくひとりになれたことにほっとして、最寄り駅に向かった。

学校だけでなくオフィス街にも近く、午後九時を回ってもなお、切符売り場の前は混雑していた。いざ切符を買う段になって、游子はジャケットにしまったはずの財布が見つからずに焦《あせ》った。いったん列から外れ、柱の陰で鞄のなかを探す。財布は見つかった。同時に、見慣れない封筒も入っているのに気がついた。宛《あ》て名も、差出人の名前もなく、封もされていない。開いてみると、ピンク色の可愛《かわい》らしい便箋《びんせん》に、丸文字で手紙が書かれていた。

試しに数行読んだ。思わず顔を上げ、周囲を見回した。酒に酔って陽気にふざけている人の姿ばかりが目立つ。だが、顔見知りの人も、彼女を見ている人の姿もない。

ふたたび便箋に目を落とした。

『こんな手紙を書いてしまって、すみません。だれかに聞いてほしかったんです。でなければ苦しくて、何か恐ろしいことをしでかしそうで、怖かったんです。勝手な想いを押しつけて、許してください。わたしは、中学のころから、母の再婚相手から、性的な虐待を受けていました。母はそのことを知りません。自分からは言えませんでした。何度も死のうとしました。でも死ねませんでした。残された母がどう思うかと考えたり、どうして少しも悪くないはずの自分が死ななきゃいけないのかと思うと、ついためらいが生じ……』

途中でめまいがして、游子は目を閉じた。

この仕事について七年、性的虐待の話を聞くのは、初めてではない。彼女自身が相談を受けたものでは、やはり養父や母親の愛人から、少女たちが被害を受けていた。実父や実兄から、あるいは祖父からという例……また男の子が、叔父や父親の友人から同性愛を強いられたケースも、担当者は違うが知っている。ただし、どの場合も、苦しんでいる子どもたちから、ようやく聞けた話であって、加害者である大人たちが告白したり認めて謝ったりしたものはほとんどない。性的虐待は、最も解決という言葉からは遠い問題だった。

游子はいま、成長した女性からこうした形で告白され、どうすべきか混乱した。手紙には、話をきいてもらいたかっただけと書かれていたが、本当にそれだけでいいのかと迷う。ともかく、現在はもう被害を受けていないのかが心配だった。いまもつづいていることならば、なにより被害を受けている場所や、相手の前から逃げることを勧めたい。

別れたばかりの友人に、電話を掛けた。相手の声の背後に、カラオケを歌っている若者たちの声や拍手が聞こえる。置き忘れた鞄を持ってきてくれた、女子学生のことを訊《たず》ねた。友人は知らないと答えた。ゼミの学生ではなく、初めて見た顔だという。近くにいた学生たちにも聞いてもらったが、誰も知らなかった。今日のことは人づてに聞いて、参加したのかもしれない。ほかに方法もなく、游子は電話を切った。

この女性はどんな想いで手紙を書いたのだろう……。文面にあるとおり、誰でもよいから、胸に抱えた苦し過ぎる秘密を、外へあらわすことで、いくらかでも息をつきたかったのだろうか。游子も、それ以上のことはできそうにない。手紙を誠実に読み通すことしかできない。

近くで大きな笑い声がした。駅前の広場で、会社員と学生風の若者が肩を組み、大学の校歌を歌いはじめた。野球か何かの対抗戦で、母校が勝利したことを祝っているらしい。胴上げまで始まった。

游子は、大騒ぎしている人々が、憎らしく思えた。手紙を握りしめ、こんな子もいるのよと叫びたくなる。

その声を、彼らにだけではなく、もっと遠くへまで響かせたくなる。

いいの、そんな風にはしゃいでて？　知らないふりで、そんなぜいたくをしてていいの、そんな風に争ってていいの？　こんな子もいるのよっ。

だが、手紙をくれた彼女も、明るくふるまう学生たちのなかにいた。もしも鞄を渡してくれた女子学生がそうなら、とてもこんな傷を抱えているようには見えなかった。

だから……もしかしたら、こうして大騒ぎしている人々のなかにも、実は苦しんでいる人がいるのかもしれない。苦しみを一瞬でも忘れたくて、酒に酔う人、買い物に依存する人、恋愛に溺れる人、暴力をふるう人、陽気に人前で騒いでみせる人がいる。できることは、あまりに少ない。

游子は、混雑している駅前から離れ、暗い道の端で、エゴなのを承知で、手紙に向かい、せめて祈らせてください、とつぶやいた。

手紙を読みました、それだけしか言えません。とてもおつらかったでしょう。でも、わかったようなことを言うのも失礼です。想像もつかないくらいの、痛みだったと思います。わたしには、ただ祈ることしかできません。あなたがいつか、生きつづけてみてよかったと、思える日が来ることを……あなたを心の底から受け入れてくれる人が、きっと現れることを……あなたのもとへもつながっているこの空へ、祈らせてください。

自分のいたらなさを噛《か》みしめながら、手紙を胸に押しあてた。

【七月四日（金）】


純白の、きれいな菊だった。

ひとつひとつの花びらが、三日月に似たカーブを描き、厚みのある楕円形《だえんけい》の房を作っている。

芳沢亜衣《よしざわあい》は、ぼんやり花を眺めながら、できればひとつを手のひらにのせ、その重みと、ぽってりした感触を試してみたい気がした。

でも、菊は、秋に満開の時季を迎える花じゃなかったろうか。どうして、この梅雨明けの頃に、こんなにたくさん菊の花がそろっているんだろうと思う。

三十本近い菊で、ひとつの花飾りが作られ、その花飾りが三十個近くある。ざっと計算してみても、九百本ほどの菊の花が、小さな一画に集められていることになる。

「どこで咲いてんの……」

無意識につぶやいた。

隣に腰掛けていた父親の孝郎《たかお》が、「うん？」と聞き返す。

亜衣は不謹慎だと思い、遠慮した。だが孝郎は、さらに顔を近づけてきて、

「なんだ」

と、声をさほど低めずに訊《たず》ねる。

もうどうでもよかったが、父が顔を寄せたままでいるのがうっとうしく、

「菊の花。季節外れなのに、どうしてこんなにあるのかと思って」と答えた。

孝郎は、眉根《まゆね》を寄せて亜衣を見たあと、祭壇のほうに向き直った。反対側にいた、母の希久子《きくこ》にも聞こえたらしく、

「やめなさい」と声がした。

大きな葬祭場の、葬儀をおこなう部屋のひとつだった。ワンフロアに、六つの部屋が並んでいる。午前十時からの告別式は、僧侶《そうりょ》の到着が遅れているため、親族は全員席についているが、まだ始まっていない。

亡《な》くなった人を納めた白木の棺桶《かんおけ》の向こうに、祭壇が設けられ、左右に菊の花飾りが供えられている。花を贈った親族や友人、故人と仕事上の関係があったらしい人や団体の名前が板書されている。祭壇の中央寄りに、灯籠《とうろう》が一対《いっつい》立てられ、その灯籠のあいだに、恰幅《かっぷく》のいい男性の写真が飾られていた。

故人は、孝郎の七歳年上の従兄弟《いとこ》だった。神奈川県の、東京寄りの町で暮らしてい

たが、ほとんど行き来がなかった。前に会ったのは、亜衣の祖母の葬儀のおりだ。亜衣たちは、親族側の末席に腰掛けていた。喪主の席には故人の妻、その隣に大学生の長男が座り、さらに隣に、長女とその夫が腰掛けている。長女は赤ん坊を抱き、夫は三歳くらいの男の子の面倒をみていた。

ようやく僧侶が入場し、告別式は淡々と進んだ。故人の妻は、気の抜けた表情で肩を落とし、長男は拳《こぶし》を握りしめて足もとを見ている。長女は、赤ん坊をあやしながら、ハンカチで目を押さえていた。故人の孫になる男の子は、大勢に囲まれて興奮したのか、室内を飛び回り、父親からたしなめられている。暗い雰囲気のなかで、彼のはしゃぎぶりが、亜衣にはかえって救いのように感じられた。

やがて亜衣にも順番が来て、前に進んで、焼香をした。手を合わせ、棺桶に目をやる。なかに死んだ人がいるという実感は湧《わ》かない。生前の彼に会ったことは数回ある。祖母の葬儀のときにも声をかけられた。

〈亜衣ちゃんは、成績がいいんだって？　うちは両方ともどうしようもなくてね。娘はつまんない奴《やつ》と結婚しちゃうし、息子なんて先々どうなることか、頭が痛いよ。亜衣ちゃんはベッピンさんだし、いい学校に進んで、アナウンサーとかタレントさんになったらどう。ただし、つまらんオトコにひっかからんようにしてね、ハハハ〉

彼は急な心臓病で亡くなったことになっている。それは表向きのことで、実は、自宅の庭の木でみずから首を吊《つ》った。親族と少数の関係者しか知らないことだから、絶対に秘密だと、両親からは言われている。

なぜ秘密にするのか、亜衣は訊ねた。

社会に偏見が残っているからだと、孝郎は答えた。自殺は、弱い人間がすることだとか、子孫に遺伝する問題があるんじゃないかなどと、あらぬことまで疑われかねないため、長男はこれから就職を控え、孫もまだ小さいから、伏せておくのだという。

故人は、不景気で会社が傾き、半年前にリストラの対象となって、悩んでいたらしい。職を失った中高年の自殺は、一日あたり十三、四人になるというが、まさか身内に出るとは思わなかったと、孝郎は言った。

亜衣は、もう一度手を合わせ、写真に向かって瞑目《めいもく》した。亡くなった人に、素直な気持ちで、天国に行ってもらいたいと思った。

オジサン、天国行きなね……こっちじゃ、オジサンのこと、みんないろいろ言ってる。控室やロビーで聞いた。死ぬことはなかったとか、ほかにも方法はあったとか、会社人間は辞めると弱いよ、なんて……関係ないくせに、勝手なこと言ってる。いまさらなんで責めるようなことまで言うんだろ。オジサン、天国に行かせてもらいなね。

神様か仏様か、わかんないけど、白い翼を背中につけてもらってさ、フワフワ浮いて、きれいな音楽聞いて、親切な人たちと花に囲まれて、笑いながら過ごせばいいよ……。

本当は口にして言いたかった。だが、その勇気が出ない。写真に向かって頭を下げ、遺族のほうへ礼をする。故人の子どもたちにも、負けないで、と言いたかったが、黙って席へ戻ってゆく。その足に、はしゃいでいた男の子がからみついて、あやうく転びそうになった。その子は、すぐに母親のほうへ逃げてゆき、父親から静かにしなさいとたしなめられた。

あの子たちにも、あなたたちのオジイチャン、悪いことしたわけじゃないよと言いたかった。でも言いだせず、ほかの人の邪魔にならないよう、早々に席に着く。

はみ出すことが怖かった。変な目で見られるのもいやだし、両親や周囲の人たちを困らせないかという不安が、彼女をすくませた。そんな自分もまた、故人や遺族を追い込む世間の一員のように思えて、悔しくなる。

告別式が終わり、棺桶は焼き場へ運ばれた。亜衣たちは、孝郎に仕事の予定があり、昨夜の通夜《つや》に孝郎と希久子が出席していたこともあって、このまま帰ることになった。遺族や親族たちと丁重に挨拶《あいさつ》を交わし、三人は葬祭会館の外へ出た。

「焼く順番が少し遅れてるんですって」

歩きながら希久子が言った。

「まったく人がよく死んでる」

孝郎が吐息をつく。彼は、亜衣のほうを振り返り、

「しかし、よく気づいたな」

亜衣は意味がわからず、父を見た。

「花さ。毎日どこかで葬儀をしてる。普通に花を育てて間に合うわけがない。葬儀会社と契約している花造り農家があるんだ。国内だけじゃないぞ。国外にもあって、複数の商社があいだに入ってる。うちも台湾の農家と契約してる。融資をして、地上げをして、花畑を広げさせた。つぶれる心配のない優良業種だからな。亜衣は目のつけ所がいい。いまの時代、儲《もう》けになるのは、意外に日常のささいな事なんだ」

「でも、お葬式も変わってくんじゃない。結婚式を地味にすます人が増えたでしょ？」

希久子が言った。

「死にまつわる商売は強いよ。不景気だと言っても日本は貯蓄率が世界一なんだし、そのくせ寄付やボランティアの文化がないから、結局墓やら葬儀やら死後の安定のために金は回される。葬式をやらないと周りから何を言われるかわからない社会だしな。

葬儀会社が病院にリベート払って、すぐ事を運ぶようシステム化されてるし、あと、テレビで心霊写真や風水の特集をやるだろ。あれも視聴率の問題だけじゃない。広告代理店が巧みに、死後の文化を若い世代へつなげてるんだ。死者を敬う方面に、今後も人が金を惜しまないよう、若い子を脅してんだよ」

「やあねえ、全部お金がらみ？　でも、現実におじいちゃんとおばあちゃんのとき、すごく高かったけど、値切る気にもなれなかったものね」

「家ってのが、実際のところ葬式や墓でつづいてゆくんだよ。葬式くらいでしか、親《しん》戚《せき》連中とも顔を合わさんだろ。ああいうときの金は、いわば家や一族の維持費さ」

亜衣は、二人の話を聞いているのが苦痛になり、

「もう勝手に帰っていいんでしょ」

と、両親の顔を見ずに言った。

「いや。渋谷に出て、三人で食事をしよう。そのあとネクタイだけ替えて、仕事に出るから。おまえたちは買い物でもして帰ればいい」

孝郎が言い、希久子が賛成した。

「二人で食事すればいいよ。ラジオで受験講座があるし、先に帰ってる」

亜衣は、両親に言って、返事も待たずに走りだした。後ろから希久子の声が追って

きた。玄関先に塩を置いてあるので、必ずお清めして家に上がれと言う。

電車を二度乗り継ぎ、自宅のある町に戻った。駅前の花屋で、菊があるかのぞいてみる。ガーベラやカーネーション、ヒメユリそしてバラが目立つ場所に置かれていた。隅に白い小菊を見つけた。葬儀で見た菊よりもずっと小さい。幾つも花をつけた小菊を三本、束ねてもらって買った。

自宅の玄関先に小皿が置かれ、塩が盛られていた。亜衣は、小菊の花束の柄で、少しだけ塩の山を崩して、家に入った。

部屋に進み、机の上に小菊の花を置く。引出しから、一番気に入っている写真を出した。赤ん坊の頃のものだ。産着《うぶぎ》を着て、カーペットの上を這《は》っている。この頃は何も知らなくてよかった。何も求められずにいた。

去年、美術館で買ったマグリットの絵を表紙に飾ったアドレス帳を開く。もったいなくて使っていなかった。ペンを取り、

『ソウシキ拒否。だれも来るな。最初から存在しなかったと思うこと。』

最初のページに書いた。

着ていた黒のワンピースを脱ぎ、パジャマに着替える。一階の洗面所に下り、手首のあたりをきれいに洗った。部屋に戻り、引出しからカッターを取る。刃を出す。少

し錆《さ》びていた。刃だけを新しくした。

右手にカッターを握り、左の手首にあてる。ひんやりする。刃が直角に手首にあたるよう、カッターを立てる。目を閉じ、何も考えないようにする。いや、何も考えない、ということを考える。

次の瞬間、右手をからだの脇《わき》にすとんと落とした。痛みはなかった。しばらく待ったが何もない。なんだ、弱虫。空振りだ。無意識に手が逃げたんだ、間抜けてる。

目を開いた。左の手首が赤く染まっていた。わけがわからない。うそ、なんで。

椅子《いす》から立つ。とたんに、どくりと血があふれた。慌《あわ》てて右手で押さえようとした。カッターを持っているのに気づき、床に捨てた。

「どうしよう」

左手首を前に伸ばして、立ちつくす。

叱《しか》られる……真っ先に思った。

ティッシユを取って、傷口を押さえた。すぐに真っ赤に濡《ぬ》れて使えなくなる。次から次とティッシユを使う。傷口から痛みが広がる。じんじんと痛みは増してくる。

あ、あ、死ぬんだ、こんなので死ぬんだ……。

いやな気がした。こんなの、違う。でも、こんなことで死ぬかもしれないんだ。

ティッシュを十枚ほど一度に取り、手首を押さえて、部屋を出た。一階の洗面所まで静かに歩き、洗面台の脇にあったタオルを傷口にあてて縛った。血が垂れないよう気をつけて部屋に戻ったところで、貧血なのか、崩れるようにベッドに倒れた。傷口の周囲が熱を帯びてくる。なのに、寒けがした。布団《ふとん》のなかに入り、心臓の上に手首を置き、まぶたを閉じる。

うそでしょぉ……と息を長く吐く。

こんなんで、終わりなわけ？

じっとしていることにも腹が立つ。足をじたばたさせて、暴れたい。でも、出血が多くなると思い、我慢する。どくん、どくんと脈の音が、彼女の全感覚を支配する。

いいや、もう……。

うんざりして、不意にあきらめが湧いてきた。

やっぱり、わたしは、こんなんだ……。

亡くなった祖母に言われた言葉が思い出される。

〈行儀は悪い、勉強もだめ、うちの家系にそんな子はいないのに。いやな血が混じったんだね。あんな嫁の子だから、仕方ないけど。ともかく、この家に恥をかかせないように、もっと必死にがんばりなさい〉

似たような言葉を何度も言われた。

〈子どもは亜衣だけなんだから、しっかりしないと、家が終わってしまうよ。この先、うちの墓を守るのは、あんたなんだから〉

祖母の険しい表情を、頭を振って追い払う。

父の孝郎が、英語の教材を手に、幼い亜衣に語りかけてきた。

〈昨日はイエスタデイ、今日はトゥデイ、じゃあ明日は？　さあ、亜衣、答えて〉

亜衣は答えようと懸命に考える。答えがわかる。だが口を開くと、先回りされて、

〈トゥモローだよ。だめだなぁ、パパなんて三歳でもう英語はベラベラだったぞ。英語ができないと、これからの時代は……〉

孝郎の自慢話がつづく。その得々とした顔を頭のなかから払いのける。

キッチンで朝食の用意をする希久子の姿が浮かんできた。

〈亜衣ちゃん、ジュースのグラスと、スープのカップと、スプーンを、テーブルに出してくれる？〉

幼い亜衣は、グラスにカップにスプーンと、間違えないよう、頭のなかで整理してから動こうとした。すると、

〈もたもたしないのっ〉

と叱られた。叱られたことで、からだが強張《こわば》っているあいだに、グラスもカップもスプーンも出されてしまう。

〈どうしてこのくらいのお手伝いもしてくれないの〉

母には何度も情けなさそうにため息をつかれた。

つまり、わたしはいつだって、つまらない存在だった。カッターであっけなく終わる、ばかみたいな奴なんだ。

顔に、薄笑いが浮かぶのが意識できた。その表情を作るのに使われた、顔の筋肉や神経が、ひどく汚《けが》らわしいものに思える。

顔の筋肉を元へ戻そうとする。力を抜く。眼球の裏側に広がっている闇《やみ》へ、全身が落ちてゆくような感覚をおぼえた。

呼ばれている気がした。声が次第に近くなる。亜衣、亜衣……。

「亜衣ちゃん、どうしたの、いないの？」

母の声がはっきり聞き取れる。同時に、ドアがノックされた。亜衣はまぶたを開いた。室内は薄暗い。窓の外が暮れかけていた。

ドアが開き、希久子が顔をのぞかせた。

「あら。あなた、寝てたの？」

亜衣は左手を隠そうとした。布団のなかに入っているのに気がついた。手を布団の下に置いたまま、上半身を起こす。

「亜衣、あなた、お清めして上がった？」

「……うん。した」

「ラジオの講座は。ちゃんと聞いたの？」

「……疲れちゃって」

「なによ、先にさっさと帰っておいて。そろそろ六時よ」

「お昼、食べてきたの？」

相手をはぐらかすためだけに訊《たず》ねた。母の表情は暗くてはっきりしない。だから、自分の顔色も見えないだろうと思った。

食べたわよと、希久子が答えた。

「そのあとお友だちと会っちゃって、ちょっと遅くなったけど。夕飯、精進落《しょうじんお》としにお寿司《すし》を買ってきたの、それでいいよね」

「うん。いい」

「ワンピース、クリーニングに出すから、一緒に持っておりて。ほら、しゃきしゃきしなさいよ」

希久子がドアを閉めた。階段を下りる足音が聞こえてくる。

亜衣は、右手で天井の蛍光灯を点《つ》け、布団から左手を出した。タオルは真っ赤になっていたが、もう湿ってはいない。慎重にタオルを外す。ティッシュも静かにめくった。手首の真ん中に、二センチくらいの細い穴が、ぽっかり開いている。

試しに、少し手首をそらしてみた。痛みが走った。穴の奥から、血がにじんでくる。すぐにタオルで押さえた。

亜衣はベッドを出た。毛布の一部に、赤黒い染《し》みがある。パジャマにも少しついている。チョコレートだと言えば、ごまかせる程度のものだ。ティッシュをごみ箱に捨てた。タオルも捨てる。母に気づかれるとまずいから、あとで捨て直そうと思う。

タンスの小物入れから、大きめの絆創膏《ばんそうこう》を出し、傷口に貼《は》った。カッターが床に転がっている。死ぬ死ぬと騒いだ自分がいやになる。カッターの刃は、いずれ錆びるかもしれない。自分の血が、鉄錆にしか変質しない……。漫画だったら、主人公の流した血は、枯れかけた花を満開にするような奇跡を起こすのに。

机の上に、小菊の花束がある。季節に合わせて咲いたものじゃない。金儲《かねもう》けのため、自然をゆがめられ、咲かせられたものだ。絆創膏を少しだけめくり、傷口からにじんできた血を、純白の菊の花の一輪に、こすりつけるようにした。

階下で電話の音がした。母が出ているあいだに洗面所で血を洗おうと思い、部屋を出た。電話に応対している声の調子からして、母の友人らしい。

「ええ、いえ、テレビは見てなかったから。ニュース？　ちょっと待ってね」

亜衣は、洗面所に入り、傷に気をつけて手を洗った。洗面所の下の扉を開く。使われていないガラス製の花瓶があった。花瓶に水を注ぎ、部屋へ戻ってゆく。階段の手前で、名前を呼ばれた。リビングのほうに顔だけを出す。

希久子が、テレビの前で受話器を握って、困惑した顔をこちらに向け、

「あなた、実森《さねもり》君って子、知ってる？　同じ学校らしいのよ」

思い当たらない。亜衣は首を横に振った。

「あーもしもし、ううん、知らないみたい」

希久子が電話に答える。たぶん亜衣の中学時代の同級生の母親だろう。保護者会で知り合って以来、いまも仲がいいらしい。

亜衣は階段をのぼった。二階に上がったところで、希久子が電話を切ったのか、階段下から話しかけてきた。思ったとおり、保護者会で知り合った友人からの電話だった。彼女の名前と住んでいる地域を言って、

「その実森って子の、ご近所らしいのね。だから、あなたと同じ高校に受かったのも、

一年くらい前から不登校なのも知ってたみたい」

「いったい何の話」

亜衣は階段の下を見た。

「その子、死んじゃったんだって」

希久子がふだんと変わりない口調で言った。「ニュースでやってたらしいの。慌てて見たけど、もうやってなかった。ご家族そろって亡《な》くなったんだって」

「へえ……」

同じ高校に通っていた子が死んだ。どんな子かも知らないのに、自分がこの世界に決別しようかと試みた日だったから、何かしら微妙な関係が、自分とのあいだに存在するかもしれないという錯覚をおぼえた。

「もう夕飯食べる？」と、希久子が訊《き》く。

「……もう少ししてから」

亜衣は部屋に入った。

花瓶を机に置き、菊の花束を差す。純白のきれいな花々のなかに、一輪だけ、赤黒く汚れた花が混じっていた。

*

馬見原光毅《こうき》は、この日は内勤で、若い刑事たちが仕上げた傷害や窃盗事件の調書に、ミスや手抜かりがないかチェックしていた。二つの調書に、証言の裏付けが足りないなどの問題が見つかり、外回りの刑事にもう一度裏を取ってくるよう指示を出した。

仕事を終えると、ちょうど夕方のテレビニュースの時刻だった。刑事課の誰かが、部屋の隅のテレビをつける。

たとえ都内で発生した事件でも、所轄署《しょかつしょ》間で情報が交わされることは、原則としてない。管轄外の事件の一報は、テレビや新聞で知ることが多く、刑事課ではニュースの時間にテレビをつけることが習慣になっていた。

「始まりますよ」

外回りから戻っていた椎村《しいむら》が、馬見原や同僚たちに声をかけた。

馬見原は、帰り支度をしながら、椎村に窃盗の調書をやり直すよう命じた。

「え、裏は十分じゃありませんでしたか」

「以前の問題だ。誤字が多くて話にならん」

「……すみません」

椎村が、面目なさそうに頭を下げ、テレビの前に椅子《いす》を運ぶ。馬見原はその椅子に腰を下ろした。ほかにも手の空いた署員が、テレビの近くに移ってくるか、何かあったら教えてよと声をかけてくる。

「いや、まいったまいった」

さっきまで姿の見えなかった刑事課長の笹木《ささき》が、馬見原の隣に椅子を持ってきた。

「また本庁の呼び出しだ。どうしても、うちのせいにしたいらしい」と、彼が言う。

今週の月曜に発売された週刊誌に、麻生《あそう》家の事件でノコギリが用いられたことが書かれ、検察庁と警察庁もまじえて、ちょっとした騒ぎとなっていた。誰が情報を洩《も》らしたのか、犯人捜しが始まるなか、立場の弱い所轄署に責任を求める声が強まっている。

「解剖所見が洩れてんだ。監察医務院の線が一番だろ。それに検察、警察の若いキャリア連中のほうが、よほど口は軽いってぇの」

笹木が愚痴っぽく言う。彼は、馬見原の隣でテレビに目を向けたまま、

「椎村は知ってるか」と言う。

「あ、何をですか」

椎村が笹木に顔を向けた。

「霞《かすみ》が関《せき》では、珍しいヤマは小冊子に集めて、研究用に内々に配るんだ。キャリアの坊ちゃんが、そいつをネタ本に、銀座や赤坂辺りで自慢するらしい。オネーチャンたちに記事を見せて、おれの事件だ、実際はもっと残酷なんだぞ、なんてな」

「本当ですか」

「わざと記者に洩らして、騒ぎになるのを楽しむ、愉快犯的な奴《やつ》もいるって噂《うわさ》だ」

「じゃあ、どうしてうちが的になるんです。キャリアの連中を調べればいいでしょう」

「うちが、つけ込まれるような弱みを、上のほうに与えちまったからだよ」

笹木の視線がこちらへ向けられたのを、馬見原は感じた。黙っていると、笹木はわざとらしくため息をつき、

「上の言い分は、杉並の誰かが記者にリークしたろうってことだ。麻生家の事件を、無理心中に終わらせたくない捜査関係者が、情報を洩らして騒ぎにし、再捜査をもくろんでるんじゃないかとね……。あり得ない話さ。だろ、馬見原警部補」

馬見原は聞こえないふりでいた。笹木も、上司からしぼられたことに腹を立て、いやみを言いにきたに過ぎない。あえて彼を無視したままで、

「大した事も起きてないようだし、そろそろ帰るか」と、椅子から立った。

そのとき、東京都練馬区で今日昼頃……というアナウンサーの声がして、民家の前でせわしげに動き回る警察官や私服の捜査員、鑑識課員たちの姿が映し出された。

馬見原は座り直した。

情報はまだあいまいだった。鍵の掛かった民家のなかから、三人の遺体が発見されたという。遺体の身元は、靴店を経営している戸主と、その妻、そして高校生の息子だった。アナウンサーは、練馬警察署に捜査本部が置かれ、死因の確認をふくめ慎重に捜査が進められていると結んで、次のニュースに移った。

馬見原は、隣の笹木を振り返り、

「いまの事件……練馬署から何か言ってきてませんか」

「いや。なぜ?」

笹木は、馬見原の動揺の意味がわからないらしく、けげんそうな表情を浮かべた。

馬見原はチャンネルを変えた。別の局で同じニュースが流れた。だが、新しく付け加えられた情報はない。

「どうした」と、笹木が逆に訊ねてくる。

「いや、ちょっと引っかかっただけです。何でもありません」

馬見原のなかで、疑問はまだ明確な形になっていない。適当にごまかし、部屋を出た。署の外へ出たところで、練馬署の刑事課にいる、警察学校の同期生、羽生《はぶ》の携帯電話に連絡した。

羽生とは、この四月末、両署が連携してカジノの捜索に入ったとき、練馬署内で会っている。長いつきあいでもあり、頼めば、くわしい話も聞けるだろう。

だが相手は出ず、留守番電話のサービスにつながれた。連絡をくれるよう吹き込み、時計を見た。午後七時だった。

妻の佐和子から、七時半には帰ってほしいと念を押されている。入院中に彼女が世話になった人が訪ねてくるため、馬見原からも礼をしてもらいたいらしい。タクシーなら間に合う時間だった。おりよく一台捕まえたところで、携帯電話が鳴った。

羽生だと思った。だが液晶画面には、登録してある『フユシマ』の文字が浮かんだ。綾女《あやめ》の名字だ。タクシーに乗り込み、行き先を告げてから、

「もしもし」と応《こた》える。

「お父さん？」

研司だった。

「どうした」

「がっこうのね、ちかくにね、ワンワンが、すてられてたの。かえない？」

「団地じゃ、無理だろう」

「お父さんの、かいしゃで、だめ？」

「人が大勢いて、そんな場所がないよ」

「どうしても、だめ？」

母親の帰りを一人で待つ、虐待《ぎゃくたい》を受けた経験もある七歳の子どもだった。喜ばせるようなことを言ってやりたい。だが結果的に悲しませるだけだと思い、

「あきらめなさい」と、はっきり告げる。

しばらく沈黙がつづいた。研司の悲しげな表情が目の裏に浮かんで、

「いつか……」

つい口にしてしまった。「いつか、もう少し広い場所に引っ越してから、好きなのを飼えばいいさ」

「ほんと？」

研司の声がはずむ。

「お母さん、まだ帰ってきてないのか？」

馬見原は話を変えた。

「もうすこし。でんわがあった。おなかすいたら、れいぞうこのカレー、チンしてって。でも、まって、いっしょにたべる」

「そうか」

「お父さん、くる？　おいしいよ」

愛らしい語りかけに、気持ちが乱れる。だが、聞こえなかったことにして、

「じゃあ、風邪をひかないようにしてな。戸締りは忘れちゃだめだぞ。……バイバイ」

こちらから切らないと、研司はずっと待っている。未練を断つように、電話を切った。しぜんとため息が洩れる。

「お子さんですか」

運転手が語りかけてきた。気づかなかったが、綾女とほぼ同年代の女性ドライバーだった。彼女は、自嘲《じちょう》気味に笑いながら、

「うちも、ペットのことでもめてるんですよ。狭いアパートだから、飼えないことになってんですけどね」

「そう」と、義理であいづちを打つ。

「昼間は子どもだけで過ごさせてるもんですから、罪悪感みたいなものがあって……

いつかいつかって答えてるんです。じきに部活や友だちづき合いで、ペットなんて忘れるでしょう。でも、同僚に言わせると、大きくなったらペットどころか、もっと怖いことが待ってるなんて脅されて……親もいろいろ大変ですよね」

ああ、うんと、馬見原は適当に応えて、窓の外へ目をやった。

渋滞とぶつかり、自宅に着いたときには、八時を回っていた。

隣家の犬は、動物病院を退院したが、人を恐れ、犬小屋に引っ込んだままでいる。そうなると、吠《ほ》えられないことが寂しいように思えてくるのが不思議だった。

うわの空で家の玄関戸を引き、赤ん坊の泣き声を耳にして、足を止めた。女性用の運動靴と、擦り切れたスニーカーが、たたきにある。

病院の患者たちだろうか。患者四人と看護師たちが家を訪れ、楽しい会が開けたという話は、佐和子から聞いていた。

「大丈夫、替えは持ってきてるから」

若い女の声がして、居間の障子が開いた。

娘の真弓が現れ、廊下に置いた布製のバッグの前にしゃがみ、何かを探しはじめる。

「紙じゃないの。布をね、お母さんに言われたとおり、ちゃんとミシンで縫って、使ってるんだよ。えらいでしょう?」

彼女は、気配を感じたのか、玄関のほうへ顔を上げた。馬見原と目が合い、彼女はあっと口を開いて、動かなくなった。

馬見原は、無造作に靴を脱ぎ、娘の脇《わき》を抜けて居間へ進んだ。なかでは、髪を金色に染めた若い男が、こちらに背中を向けて、赤ん坊をあやしながら、

「顔は、意外にお義父《とう》さんに、似てるかもしれないですよ」

と、向かいに座った佐和子に話していた。

笑って聞いていた佐和子が、馬見原に気づいて、

「あら。おかえりなさい」

若い男が驚いて振り返った。染《し》みだらけのTシャツに、油で汚れたような綿パンツをはいている。やせて、顎《あご》も首も細く、童顔だが、たぶん自分でもそれを嫌っているのだろう、鼻の下に髭《ひげ》を伸ばしていた。

「あ、どうも……」

真弓の夫である石倉鉄哉《いしくらてつや》が、口ごもりながら、頭を下げた。彼の腕のなかの赤ん坊が、馬見原に好奇心を抱いた様子で、泣くのをやめ、無垢《むく》な瞳《ひとみ》を向けてくる。

馬見原も思わず赤ん坊を見つめた。すると赤ん坊が口もとをゆるめ、彼に笑いかけた。胸をつかれた。

「あら、碧子《みどりこ》ちゃん、おじいちゃんを見て、笑ってまちゅね～」

佐和子がほほえましそうに言う。

我に返って目をそらし、居間を通って襖《ふすま》を開き、寝室へ入った。赤ん坊が、なおも見つづけているのか、

「あらあら、碧子ちゃん、おじいちゃんを見てまちゅね～。気に入りまちたか～」

と、佐和子の声がした。

馬見原は、電灯をつけ、上着を脱いでハンガーに掛けた。厳しい調子で佐和子に、

「薬は飲んだのか」と訊《き》く。

「ほら、お父さん、碧子を抱いてやって」

「飲んだのか」

「飲みました。それより早くこっち」

馬見原は部屋着に替えた。仏壇の息子の写真の前に、真弓たちの手みやげだろう、新しい菓子折りが供えられている。

「出張だって、お母さん言ったじゃない」

居間から真弓の不服そうな声がした。「鉄ちゃん、碧子をここに置いて。おむつ替えちゃうから」

「あの……お邪魔、してます」

石倉の、こちらへ向けての声が聞こえる。口下手なのか、声がこもり、言葉づかいもたどたどしい。

「あ……ずっと、ご挨拶《あいさつ》しないで、すみません」

「やめてよ、鉄ちゃん。いない人間なの」

「けど、ちゃんと、しとくべきだろ」

「お母さん、嘘《うそ》ついたの？ ひとりで寂しいようなことを言って。たまに夕飯でも一緒にって誘うから、花屋、向こうのお義母《かあ》さんたちに代わってもらったのよ」

「だって、そうでも言わないと、お父さんとあなたたち、顔を合わせないもの」

佐和子が答えた。

「合わせる必要なんてないでしょ」

「ばかなことを。碧子と、一生会わせないつもり？ お父さんもどうしたんですか。入院中、石倉君には本当にお世話になったのよ。ちゃんとお礼を言ってもらわないと」

「いや、そんな……」と、石倉の声がつづく。

「孫がこんなに大きくなってから紹介し合うなんて遅いけど、なんだって遅過ぎることはないでしょう？　真弓とも今日で仲直り、ね。お父さんも、本当はそうしたいと思ってたんだから」

「おい、風呂《ふろ》に入るぞ」

佐和子の言葉をさえぎるように、馬見原は声を張った。

「まだ沸かしてないもの。それより早くこっちへ……もう、どうしたのよ」

佐和子が寝室に入ってきた。

「すぐに沸かせばいい」

馬見原は言い返す。手持ち無沙汰《ぶさた》で、仏壇に向かって手を合わせた。

佐和子が、彼のその腕を取り、居間のほうへ引くようにして、

「もう、子どもみたいなことしてないで」

「誰が子どもだ？」

「あなたの家でしょ。いつもの場所に座って、お茶でも飲めばいいじゃない」

佐和子の手を振り払うくらい、わけはなかった。だが、体重をかけている彼女にそれをすれば、転びかねない。逃げ隠れしているように思われるのも腹立たしく、馬見原は居間に戻って、いつもの上座に腰を下ろした。

真弓が、赤ん坊のおむつを外し終え、

「鉄ちゃん、お風呂場で軽くすすいでくれる？　家に戻ってから洗い直すから」

と、古いおむつを石倉に差し出した。

緊張した空間から抜け出せるのを喜ぶように、石倉はおむつを手に、立っていった。

「家事もいろいろ手伝ってくれるんだよね」

真弓が、赤ん坊に新しいおむつをあてがいながら、佐和子に言った。佐和子は台所でお茶を入れはじめている。

「花の仕入れで、朝一番に市場へ行くから、五時には起きるの。それから店を開けて、配達にほうぼう回るでしょ。店を閉めて、片づけをすますと、家に帰る頃はくったくた……。基本的に立ちっぱなしの仕事だから。けど、家事を少しもいやがんない人なんだよね。洗い物も手伝ってくれるし、コーヒーも入れてくれる。碧子のこともね、あたしだけに押しつけることは絶対ない。喧嘩《けんか》はするよ、ときどきは。でも、あたしに手を挙げたことは一度だってないよ。立派じゃない？　ねぇ、立派なもんだと思わない。二十一よ、ばかな大学生の年じゃない。暴走族にいたことがあったって、年少に入ってたことがあったって、立派なもんだよ。誰にも文句言わせない……女房に手を挙げないだけでも、大したもんでしょ。違う？　大したもんじゃないよ」

真弓の言葉は次第に熱を帯び、涙ぐみさえしているようだった。

戻ってきた石倉が、「おい」と肩を揺すって、彼女はようやく口を閉ざした。

佐和子が、盆に湯飲み茶碗《ちゃわん》を四つ載せてきて、

「さあ、みんな座って。お父さん、碧子を見てやって。まともに孫の顔を見たこともないでしょう。あなたの孫なのよ」

真弓は、顔をしかめたが、黙っていた。

佐和子は、馬見原の前に茶を置いて、

「生まれて、もう半年以上にもなるのに。さあ、碧子を抱いてやってちょうだい」

「やめて。抱かせたくない」

「よせよ」

石倉が真弓を止めた。彼は、座卓をはさんで馬見原の前に正座をし、畳に手をついて頭を下げた。

「あの、ちゃんと挨拶もせず、勝手な真似《まね》して、マジ……本当に、申し訳ないって思ってます。式もだから、挙げてません。やっぱ、許しをもらってと思って……だから、挨拶に行こうって、何度も真弓には、あ、真弓さんには言ってたんだけど」

「やめて、もう。敬語なんて使わないでよ」

「おれが、だらしないから、ぐずぐずで来ちゃって、ほんと申し訳ねえなぁって……。

ただ子どもは、アレっすから、罪ってゆうか、ないと思うんで。べつに、この子が生まれたから、許してもらいたいとかは、ないです。ただ、やっぱ孫になるわけで……おれとか、マジ馬鹿《ばか》だし、年少出だから、警察の人から嫌われるの、当然だし、仕方ないです。けど、この子まで、嫌われるのは、なんかつらくて……まだ全然サルみたいで、可愛《かわい》いも何もないでしょうけど……あの、抱いてやって、くれませんか」

馬見原は、しかし動かなかった。動けなかった。動きだすには時間が要った。

それを、真弓が待てなかった。

「そんな奴《やつ》なのよ。偏見にこり固まってんだから、何を言ったってむだよ。お母さん、今日は帰る。お母さんがどんな暮らしをしてるか、確かめたかっただけだし」

彼女が赤ん坊を抱き上げる。

佐和子は、おろおろと中腰になり、

「夕飯も食べずに帰ることないでしょ。用意はできてるんだから」

「お母さん、うちに来て。それを言うつもりもあったの。ちょうどいい、あいつにも聞いてもらう。結局、全部お母さんがやってるんでしょ。ひとりで留守番することがつづいてたんでしょ。退院して間もないのに、そばに誰もいないなんて危ないよ」

「危ないことなんて何もないけど」

「薬を飲んで、記録もつけて、外来にも通わないといけないんだよ」

「だから、やってるわよ。あなたこそ、心の病気に対する偏見があるんじゃない。退院したんだし、基本的に自分のことは自分でやれるの。妙に病人扱いされると、それこそ息がつまりそう。お父さんは働いてるんだから、わたしが家にひとりなのは普通でしょ。家のことは、それでずっとやってきたんだし、一番しぜんなことなの」

「本当に問題なかった？　正直に言って。薬を飲んでるかどうか、第三者がチェックする必要があるって、言われてたでしょ」

真弓の言葉は、視線こそ外れていたが、明らかに馬見原に向けられていた。

「だから、ちゃんと飲んでます」

佐和子が答えた。

「自己申告じゃ、だめ。再入院したときだって、そうだったんだから」

真弓は赤ん坊を石倉に渡した。彼女は、佐和子ににじり寄って、手を握り、

「このまま、うちへ来て。そのほうがお母さんには絶対いいって。鉄ちゃんも賛成してくれてるんだから。そうよね」

「あ。それは本当っす」

「マンションは一階だし、三つ部屋があって、ひと部屋あまってる。お母さんが碧子

を見てくれたら助かるし、毎日家族そろって食事もできて、楽しいじゃない」

真弓は、馬見原に背を向けたまま、「そのほうが本当は都合がいいんでしょ？　無理してお母さん引き取って、取りつくろうことないよ。この際、家族の要《い》る人と要らない人、はっきり別れたほうがいいと思う」

「さっさと出ていけ」

馬見原は抑えた声で言った。「人の留守を見越して、こそこそ訪ねてきた奴が、開き直って、勝手を言うんじゃない」

真弓が、荒い息をついて、振り返った。

「勝手なこと言ってるのはどっちよ。体面のために、お母さんを引き取って、お母さんを利用してるだけじゃない」

馬見原は湯飲みを握りしめた。危うく投げつけそうになる。

「やめて、やめて、やめてっ」

佐和子が叫んだ。馬見原たちだけでなく、赤ん坊さえ緊張を強いられたように、彼女を見つめた。

「お父さん、こっち来てよ。碧子を見て」

佐和子は、馬見原につめ寄り、「あなたの孫でしょ。あなたの家族よ。わたしたちの家族は、いまはこの五人なの。そうでしょう？」

　こちらを見る彼女の目が、はっきりはわからないが、尋常でない輝きを宿している気がした。言葉にも切迫した調子がある。

「あなたのことを、お父さんと呼べるのは、真弓たちだけよ。違うの？」

　馬見原は身のすくむ想《おも》いがした。研司が何度か家に電話したことがあったという。そのとき佐和子は何を聞いたのだろう……。

　赤ん坊が不意に声を上げて泣きはじめた。その場の全員が我に返ったように、からだを少しふるわせた。佐和子も、前のめりになっていた自分の姿勢に気づいてだろう、からだを元に戻し、次には両手で顔をおおった。

「おい、大丈夫か」

　馬見原は心配になって声をかけた。

　佐和子は、手で顔をおおったまま、

「平気……ちょっと立ちくらみがしただけ」

　赤ん坊の泣き声と、それをなんとかあやそうとする石倉の声だけが、しばらく家のなかに響いた。やがて佐和子が、手を下ろし、

「もう大丈夫」

と、力なくほほえんだ。

真弓が、佐和子の顔をのぞき見て、

「お母さん、やっぱり今日は帰る。碧子も気が高ぶってるみたいだし」

「でも、せっかく……」

佐和子がすがるように娘を見る。

真弓は母親の背中を撫《な》でた。

「お母さんの策略、半分はうまくいったでしょ?　納得はできないけど」

「あの、また来ますから」

石倉がいたわるように言い添えた。彼は、馬見原のほうに向き直り、

「今度は、ちゃんとした服で、ご挨拶に……今日は、配達帰りの、だらしない恰好《かっこう》で来ちゃって……すみません」と、頭を下げた。

佐和子が、助け船を求めるように、馬見原を見る。だが、彼にも言うべき言葉がなかった。

「あの……鳴ってますけど」

石倉が言う。寝室のほうで、小さく携帯電話の呼び出し音が鳴っていた。

馬見原は、寝室に進み、背広のポケットに入れたままの携帯電話を取った。液晶画

面に見覚えのある名前が出ている。

「もしもし、馬見原だ」

「羽生だ。電話くれたようだが」

居間から見えないところへ移動し、

「忙しいところを、すまない。そっちの管轄《かんかつ》で、三人ホトケが出ただろ。実森とかいう家だ。ニュースで見た。どういう筋か、おおまかでいい、教えてもらえないか」

相手の吐息が聞こえた。

「相変わらず、いやな勘をしてるな」

「何かあるのか」

「さてね。被害者は商店街で靴屋をやってて、息子は不登校だった。このくらいでいいだろ」

「隠すなよ。筋はもう読めてるのか」

「まだはっきり読めちゃいないが、杉並の麻生家か？　子どもが無理心中を起こしたそっちの事件……こっちから、話を聞かせてもらうことになるかもしれん」

「うちの？　どうしてだ。ホトケの発見状況から聞かせてくれ、頼む」

羽生はなお迷っていたが、もうひと押ししたところで、ついに折れ、しぶしぶながら話しはじめた。

「……いまから言うことは、まだ極秘だぜ」

「むろんだ」

被害者が経営する実森靴店は、水曜日が定休日だったが、三日の木曜日も店主自身の意向で休みとなっていた。二日間の連休が明け、店員が出勤したところ、つねに開店の一時間前に来ている店主が、開店時間を過ぎても現れない。若い男性店員と、彼よりやや年上の女性店員は、店主の自宅へ何度も電話を掛けた。だが誰も出ない。そのうち女性店員が、今週月曜に発行された週刊誌のスクープ記事の見出しを思い出した。

『家族崩壊、ついにここまで
杉並の一家無理心中事件に新事実
少年は両親の生身をノコギリで……！』

雑誌は家族間の暴力を特集しており、記者が解剖所見を入手したらしく、ことに麻生家の事件の内容をくわしく取り上げていた。

店員二人は、店主が高校生の子どものことで悩んでいたのを、日頃の言動から知っており、いやな予感にうながされて、午前十時過ぎ、店主の自宅を訪れた。

実森家の郵便受けには、水曜日と木曜日の朝夕刊、そして今朝の新聞がそのままになっていた。店員たちは、インターホンを数回押し、ドア越しに呼びかけた。ドアだけでなく、勝手口にも窓にも鍵《かぎ》が掛かっていた。二人は、店主家族が旅行に出ている可能性も考えたが、屋内と通じている通風孔付近から、焦げくさい臭《にお》いが流れてくるのを怪しんだ。

二人の連絡により、近くの交番から制服警官二名が駆けつけた。彼らは、実森家を外から検証し、なかへ呼びかけ、屋内から流れてくる異様な臭いを確認した。隣近所と新聞販売店に、実森家が旅行に出るという話がなかったことも聞き込んだあと、練馬署へ連絡した。ほどなく署の委託契約先である鍵の専門業者を伴い、刑事課の捜査員二名が到着した。警官と店員たちが立会うなか、業者が勝手口の鍵を専用の道具で開けた。そして遺体の発見に至ったのだが、

「遺書らしきものが見つかったんだ」

羽生が声を低めて言った。

「遺書？」

「らしきものだ。子どもが書いた、と見られてる」

馬見原は、すぐには信じられず、

「それは……死んだ高校生の子ってことか?」

「ああ。ずっと登校していなかったようだがな」

「何が書かれていた」

「もういいだろ。そっちの事件と関連があるようなら、上から連絡がいくさ」

「待ってくれ。ちょっとでいい」

「意味がよくわからん内容だ。愛を感じました、と書かれてた」

「なんだと、もう一度」

「愛をまちがいなく感じました、本当はいい家族だったんだね……と、そんな意味の書き置きを残して、息子は毒か何かを飲んだようだ」

「つまり……うちの事件と似たことが、そっちでも起きたということか」

「ともかく、いま捜査中だ。じゃあな」

逃げるように電話が切れた。馬見原は、携帯電話を握りしめ、考えをまとめるため寝室内を行き来した。警視庁勤務の誰かに情報をもらうか迷った。だが、いまの段階ではくわしいことは聞けないだろう。羽生にも迷惑をかけかねない。思い切って現場へ行くことを考えた。管轄外の捜査に関われるはずもないが、いても立ってもいられなかった。外出用の服に着替え、寝室を出た。

玄関から戻ってきた佐和子と、居間を出たところで鉢合わせた。

「三人とも本当に帰っちゃった。お料理、少しは持たせたけど、まだずいぶん余ってるの……」

彼女は、いまにも泣きだしそうな表情で言った。が、馬見原の恰好を見て、

「追いかけるの？」と、顔を輝かせた。

いま、この佐和子を残して出ることはとてもできない。馬見原は、言葉を濁して背広を脱ぎ、座卓の前に座った。ほかに仕方なく、テレビをつける。せめてニュースを見たかった。時間が合わないのか、歌番組やお笑い番組ばかりをやっている。

馬見原の行動をどう思ったのか、佐和子はあきらめたように吐息をつき、

「じゃあ、二人で食べますか……お風呂《ふろ》も沸かしときますね」

と、つぶやくように言い、風呂場のほうへ去った。

馬見原は、画面から流れてくるタレントの笑い声がうるさく、テレビを消した。

急に静かになった部屋で、ミルクの匂《にお》いが残っているのに気がついた。赤ん坊の笑っていた顔が思い出される。馬見原に向けられたその笑顔を、もっと確かなものにしたくて、彼は少しのあいだ目を閉じた。

【七月五日（土）】

昨日とうって変わり、朝から雨が降っていた。会議室にはエアコンが効いているが、湿気が多く、蒸し暑く感じる。

巣藤浚介《すどうしゅんすけ》が、実森家の事件を知ったのは、昨日、引っ越し当日の夜だった。

学校創立者の生誕を祝う記念日の昨日から、土日を入れて三日間休校となるため、レンタルした軽トラックを運転し、荷物を運んだ。美大時代の友人と、職場の同僚である体育教師が手伝ってくれた。午後の早い時間に荷物を下ろし、夕方からは一人で荷物を解《ほど》いていた。家のテレビアンテナがずっと前に台風で倒れたままで、ニュースも見られずにいたところへ、昼間手伝ってくれた体育教師から電話があった。職員の連絡網による緊急連絡だった。

自校の生徒である実森勇治と、その家族が亡《な》くなったため、土曜の朝、つまり今日、職員会議が開かれるという。

浚介は、すぐに美歩《みほ》の携帯電話へ連絡した。実森勇治の担任だった彼女も、さぞ驚いているだろうと思ったからだが、電話にもメールにも応答はなかった。

心配しつつ今朝の会議に出てみると、美歩の姿もあった。顔が青ざめ、目に生気がない。昨夜、彼女は教頭らとともに、警察の事情聴取を受けていたと、会議のなかで聞いた。

実森勇治とその家族の死について正確な情報を得られていない現在、学校側が最も気にしているのは、マスコミの反応だった。ここ数年、凶悪な少年犯罪や家族内の事件が世間をにぎわせるたび、教育関係者に対する批判的なコメントも多く出されるようになった。理事や校長たちは、それを懸念《けねん》していた。

月曜には、生徒の登校にあわせ、マスコミが取材に訪れる可能性もある。現段階では、マスコミの窓口を教頭に一本化し、生活指導主任が補佐する以外、ほかの教職員は取材を受けないこと、また生徒への取材も断り、登下校時には教師たちが学校周辺に出て、生徒を守ることも決まった。

会議の終わりには、警察からの依頼らしく、実森勇治に対する情報が各教員に求められた。二年時の担任だった美歩と、一年時の担任だった男性教師は、すでに報告を終えていた。何人かの教師につづき、浚介も、六月十三日、美歩とともに実森家を訪問した際の印象を、ごく簡単に話した。

会議後、浚介は美歩に声をかけた。彼女は憔悴しきっており、黙って二、三度うなずくだけで、迎えにきた母親に付き添われて帰宅した。

浚介は、美術教室の控室で、実森勇治が授業中に提出した絵を探した。

生徒の絵は一応すべて保管してある。実森勇治は、淡い色使いで、丁寧に、花や観葉植物などを写生していた。描きかけの人の顔もある。だが、どれも未完成だった。描き終えた部分はよく対象を観察していると思うのに、中途半端《はんぱ》に見えるため、評価としては低くせざるを得なかったのだろう。時間を与えればもっといい絵になった可能性もあるのに、見逃してしまったわけで、教育者として悔いを感じる。

目を上げると、窓の外に、パクさんの姿があった。校庭の隅に立ち、校舎のほうへ頭《こうべ》を垂れている。亡くなった生徒のことを祈っているのかもしれない。

まさか、こんなことになるとは思いもしなかった……。

約二週間前、浚介は引っ越し先を決めたあと、実森家を訪ねてみようとした。だが、駅を出たあと、いつもの優柔不断な迷いが生じ、今度にしようと訪ねずじまいとなった。あのおり訪ねていれば、こんな結果にはならなかっただろうか。

実森勇治の絵を戻し、午後、学校を出たその足で、実森家を訪ねてみた。本当にあの家の人が亡くなったのか……遺体を見られるわけでもないのに、ともかくもう一度あの家を、自分の日で確認しなければ落ち着かなかった。

実森家に通じる道路には、立入禁止を示すロープが張られ、合羽《かっぱ》を着た制服警官が見張りに立っていた。その奥にある家は、青いシートで包まれている。

シートが雨に打たれて、ぱらん、ぱらんと音を立てていた。周囲では、紺色の作業服を着た警察関係者が何やら作業をしている。あのシートの奥で、実森家の人々が亡くなったという実感は湧《わ》かない。当の生徒の顔を、浚介は覚えていなかった。母親の顔さえ、ぼんやりとしか記憶にない。

生活していれば、必然的に多くの訃報《ふほう》に接する。そのひとつひとつに、短くは関心を寄せても、祖父母の死以外は長く考えつづけたことはない。少なくとも、自分の人生と関連を見いだすことはなかった。

だが、いま目の前でシートに包まれているのは、一度訪ねた家だった。亡くなったのは、自分なりの居場所を見つけてみればと、勧めようとした人物だった。

「何か？」

見張りに立っていた制服警官に声をかけられた。不審と思われたらしい。

「あ、いえ、近所なもので……」

浚介は慌《あわ》ててその場を離れた。

このまま引っ越したばかりの家に戻るのも、つらい気がした。誰かに胸のうちを伝えたい。だが誰がいるだろう。こうした複雑な問題について、わずかなりとも理解してくれそうな相手が、自分にいるだろうか。

夜七時、雨が上がり、雲のあいだから夕日が差してきた。

東京都の児童相談センターの門を入り、奥へと進む。正面の四階建てのビルが、本館らしい。玄関は開放され、表示にしたがいエレベーターで四階へ上がる。エレベーターを降りると、左手奥の部屋の前に、受付が設けられていた。

髪をポニーテールに結んだ若い女性職員が、数枚の資料を渡してくれた。部屋に入るなり、人いきれで、むっとした。百人程度収容できる広さの部屋に、パイプ椅子《いす》がきれいに並べられ、ほとんどすべてに人が腰掛け、壇上の講師の話に耳を傾けている。

四月末、思春期問題の大きなセミナーがこの日開かれる旨《むね》の通知が、学校にも届いていた。浚介は、そのとき教頭から参加するように求められていたのを思い出す。今日の午後、実森家の前を離れたあと、氷崎游子に電話したおり、セミナーの準備に追われていた彼女から、「よろしかったら」と誘われた。

重いテーマで、土曜の夜でもあり、もっと閑散としているものと思っていたが、参加者たちは椅子が足りずに立っている人も含め、多くがメモをとったり録音をしたりと懸命な様子だった。三十代後半から六十代くらいの女性が多いが、中年男性の姿も見られる。予想外の熱気に圧倒され、浚介は入口近くの最後列に、肩をすぼめるようにして立った。

資料によれば、いま話している男性講師は、精神医学を専門とする大学教授で、家族療法を用いた診療にも実際あたっているらしい。

壇上に置かれたテレビモニターに流されているのは、家族療法の実例をビデオで録《と》ったもののようだ。十五、六歳の少女と、その両親と弟らしい人物が、半円を描く形で、椅子に腰掛け、カウンセラーの進行にしたがい話し合っている。少女は頰がこけ、手足も枯れ枝のようだった。それでも自分がやせているとは思っておらず、なぜ療法を受けねばならないのか、苛立《いらだ》った発言を繰り返していた。

「やせてない、ひどいデブだよ。ママがデブだから、遺伝したんだ。そんなにデブだったら、あたしならとっくに自殺してる」

母親は、そんな娘を叱《しか》らず、カウンセラーに向かって、夫が無関心であることを訴えていた。父親のほうは、家庭の恥を他人にさらすことが我慢ならない様子だ。弟は退屈そうに足をぶらぶらさせている。

講師は、問題はこのばらばらの状態の家族から発したものだが、少女を治す力も、この家族の内側からしか生まれないと語った。

「夫婦関係の改善が重要です。両親の不仲が、子どもに影響しているケースが実に多いんです。家庭が、子どもにとって安定した場所、いわゆる安全な基地になっていない。感情をありのままぶつけても揺るがないほどには、両親の関係が確立していない。そんな場合、子どもは自分自身の欲求を我慢し、親の顔色を見るようになります。幼い頃はその状態で収まっていても、自我が確立する思春期には、様々な症状となって噴き出してくるんです」

彼の話は、やがて現代から未来の家族論へ移っていった。現代の若者たちがこれから親となってゆくわけだが、未来の家庭は明るいものになってゆくだろうか……。

講師の問いかけに、会場内は静まったままだった。

「確かに現代の若者は、様々な形で自由を知り、古い価値観や因習めいたものから解放されました。けれども彼らの多くは、自分たちで考え、行動して、そうしたわけではないんです。世界の人々や、歴史的な人々の生き方と比較して、独自の価値観を得たのではない。世界経済の影響などで変化した社会の枠組みを、便利だから、受け入れているに過ぎないんです。生きる意味を真剣に問いつめないまま、就職し、結婚し、家庭を持ち、親となる……本当に精神的な自立を果たしているとは言えない状態です。そうした親は、自分の人生を肯定してくれる場所として、家族を求める危険性があります。皆さんのなかで、こんな言葉を、お子さんに向かって言われたことがありますか。『だって、あなたはお母さんの子でしょ』『それでこそ、おれの子だよ』」

講師が会場内を見回した。はじめは誰も手を挙げない。周囲を気にして互いを見合い、それでも一人二人と手を挙げる者が現れ、やがて数が増えてゆく。

講師は、手を下げるように言ってから、

「どうしてそれが悪いのかと、疑われる方も少なくないでしょう。こうした言葉は、戸籍上も生物学上も間違っていないし、愛情の証明や、子どもの誇りや励みになる場合もあります。けれど、気をつけなければいけないのは、子どもには容易に反論できない絶対性があるゆえに、所有の観念や、帰属の意識のなかに、子どもを縛りつけることがあるんです。子どもを独立した人格として尊重する前に、親や家に属するモノ、親である自分を肯定すべきモノとして、とらえる危険をはらんでいます。この傾向は、便利なものに囲まれ、サービス産業の発展した現代から今後、ますます顕著になると、わたしは思っています。受け身であることに慣れた世代は、家族からも、何かを受け取ること、愛や幸福感をサービスされることを求めてしまう……。子どもが、夜泣きしたり、ウンチしたり、部屋を汚したりして、自分がサービスしなければならなくなると、つい腹が立つ。しつけと称し、虐待《ぎゃくたい》に走るケースも出るでしょう。また、子育てを誰かに責められたら、幸せになりたくて持った家庭が、逆に責められる原因になるわけで、やはり虐待に移行するケースが考えられます。暴力だけではありません。何気ない言葉や態度が危惧《きぐ》されます。『なんで邪魔するの、悪い子だ、いけない子だ、おまえなんていらない、生まなきゃよかった』……言葉は、ときに暴力より怖いものになります。『愛してほしくないの？』と、子どもと取引をしている状態になりかねません。自分の真の欲求がどこにあるのか、親はみずからの言葉を意識しつつ使うようにしないと、ますます危険な時代に入ります」

講師は、もうしばらく将来の家族像について語ったのち、拍手に送られて壇から下りた。

職員たちが、壇上のテレビモニターを片づける一方で、前方の隅に置かれたマイクの前に、ライトグレーのパンツスーツを着た氷崎游子が立った。浚介が以前会ったときは、二度ともラフな恰好《かっこう》だったため、正装している彼女の姿が新鮮に映った。だが表情には生彩がなく、やつれているようにも見える。

「家族崩壊が進んでいると言われて久しいですが、家族が崩れる、壊れるという表現が本当に正しいのかどうか。そうした議論はあまり進んでいないように思われます。明治、大正、昭和、戦後間もなく……家族のかたちは常に変化しつづけてきたのではないでしょうか。また、家族問題を考えるとき、どうしても家族という集団ありきの議論になりがちですが、家族を構成する個人にとって幸いとは何か、といった根本的な対話を進めることも重要かもしれません。では最後に、家族の暴力についてお話をうかがいたいと思います。家族間暴力対策ネットワークの関東支部長で――」

游子の紹介で、短髪で闘争的な面立ちをした四十代の女性が壇上にのぼった。彼女は、簡単に挨拶《あいさつ》をすますと、

「これまで家族は、暴力とは正反対のもの、いわゆる暴力に満ちた社会からの逃げ場所として考えられてきました。でも現実はどうか？　違うでしょ」

と、やや独善的な感じもする口調で話しはじめた。

「いま、家族と暴力はとても密接な関係にあると、発見されてきました。発見、と言うのは、隠されてきたものが、ようやく表に出てきたと思うからです。児童虐待、これはよく知られてきました。最近ようやく、夫婦間の暴力もクローズアップされてきましたね。あと、未成年の子どもによる、親への暴力。バットで親を殴るとか……いわゆる家庭内暴力とは、こうした例を言うことが多いです。でも、成人した子どもに

よる、老いた親への暴力も、家族間暴力の一種です。介護の現場で増えてます。これから超高齢社会になって、さらに大きな問題になってきますよ。親から虐待を受けて育った子どものなかには、いまに見てろ、いずれ親が動けなくなったとき復讐《ふくしゅう》してやると、そんな風に恨みを抱えている人も少なからずいます……。家族というのは、逃げ場がないですから、これほど怖い場所もありません。お金も地位も権力も、意味をなさないですよ。脅すようで、ごめんなさいね。じゃあ本題に入りましょう」

彼女の合図によって、聴衆の最前列にいた游子が、オーバーヘッド・プロジェクターのスイッチを入れた。前方の壁に吊《つ》るされたスクリーンに、新聞記事が大きく映し出される。

「当ネットワークでは現在のところ主に、未成年児童の、親に対する暴力を取り上げ、電話相談や、小さな集会を開いて話し合いをしています。ときには学校や警察へも働きかけます。このネットワークは、子どもの暴力に耐えかねた親が、ついにわが子をあやめたという悲惨な事件への関心から生まれ、発展してきたものです」

新聞記事は、ほぼ六年前の社会面らしく、県の教育相談所の相談課長が、家庭内暴力を繰り返す十八歳の息子を殺したという内容だった。事件のあった平均的な住宅と、目の部分を黒く塗りつぶした被害者の写真も掲載されている。

「教育者の家庭で起きた事件ということで、大きく報道されましたから、覚えていらっしゃる方も多いでしょう。この方を、ひとまずＡさんとお呼びします。Ａさんは、とても人望のある方で、同僚や近所の人、相談を受けてもらっていた親などが皆、あんな優しい、思いやりのある方はいないと言っておられたそうです。Ａさんの奥さんも周囲から信頼されていた方で、あのご夫婦がと……彼らを知るすべての人がショックを受けました。警察の捜査によって、Ａさんのお子さんの、凄《すさ》まじい暴力の実態が明らかになるにしたがい、同情の声が高まって、署名運動へ発展していったんです」

游子がプロジェクターを操作する。スクリーンには、各地での減刑嘆願の署名運動の盛り上がりを伝える、新聞や雑誌の切り抜き記事が映し出された。

「地方での事件でしたが、署名運動のことが全国放送で報道されました。当時、皆さんのなかにも署名した方、署名せずとも、共感を抱いた方がいらっしゃったかもしれません。多くの方が自分の問題として考えたことで、運動は広がりを持ちました。そして、この事件のことだけで運動を終わらせるのは惜しいと考える人々の想いから、我々のネットワークが発足したんです」

彼女はしばし現在のネットワークの活動を話したあと、

「先日も、むごい事件がありましたね。皆さんも、雑誌等ですでにご存じのことと思います。子どもが、両親と祖父を殺し、みずからも命を断った事件です……その殺害方法がまた言語を絶するものでした」

浚介だけでなく、多くの人が緊張する気配が伝わってきた。麻生家の事件に関する雑誌記事を読んだのだろう。

「さらに昨日、或《あ》るご家族が亡《な》くなっていたというニュースも流れました」

実森家のことだろう。浚介は、胸の痛みに耐えきれなくなり、いったん部屋を出た。一階まで降り、ビルの外で深呼吸をする。

街は暮れ、空気は重く湿っていた。門の向こうの大通りで、車が渋滞している。薄着の若いカップルが歩いてゆく姿も見えた。門の外と、こちら側の世界を隔てる壁や溝があるわけではない。なのに、外の世界がとてつもなく遠いものに感じられる。

「おい。おまえ、ここの人間か」

四十前後だろうか、カーキ色のズボンとシャツを着た小柄な男が、浚介のすぐ後ろに立っていた。男は、酒くさい息を吐きながら、浚介を下から睨《にら》み上げて、

「どうなんだ、ここの人間かよっ」と、怒鳴るように訊《き》く。

浚介は、むっとしながらも、

「違いますが」と答えた。

男は、舌打ちをして、首を横に振った。どいつもこいつも……とつぶやき、どこかへ去ろうとする。が、途中で顔を戻し、

「上で集会やってんだろ。氷崎ってアマ、知らねえか。ちょっと足を引きずる」

浚介は瞬間的に警戒した。

「彼女に、何の用があるんです」

男が眉《まゆ》をひそめた。

「彼女だ？　おまえ、あのアマのなんだ」

「あなた、ひどく酔ってますね」

「なんだ、こら。酔うのにおまえの許可がいるのか、何様のつもりだ、おう」

相手はむしろ貧弱なからだつきで、浚介でも喧嘩《けんか》をすれば勝てそうな相手に見え、

「どんなご用ですか」

彼のほうへ一歩踏み出すようにして訊いた。

すると、相手は顔を伏せ、

「子どもを奪《と》られたんだよ。娘を勝手に施設に送っといて、週一回の面会だけだとぬかしやがる。絶対にこのままじゃすまさねえ」

と、吐き捨てるように言い、背中を向けて歩きだした。

浚介は、不安をおぼえ、ふらふらとセンターのなかへ入ってゆく男を追った。相手がトイレに入ったため、玄関ロビーで待つことにした。だが、いくら待っても男は戻らない。確認すると、トイレには誰もいなかった。裏口へ抜けられる通路があり、そちらへ進んだのかもしれない。

仕方なく四階へ上がり、先の部屋に戻った。壇上には、講師二人が椅子《いす》に腰掛けており、その隣に游子がマイクを持って立ち、司会進行を務めていた。

「……それでは、講師の先生方に質問のある方、手をお挙げください」

游子の言葉が終わるか終わらないうちに、突き上げるように手がひとつ挙がった。游子の表情が曇るのが、浚介にも見て取れた。

ほかに挙がった手はなく、游子はその人物を指名した。受付にいた女性職員が、相手にマイクを渡す。立ったのは、年配の婦人だった。前から三、四番目の列にいた彼女は、人々のほうを振り返り、丁寧に一礼した。地味な茶系のワンピースを着て、薄い色のサングラスを掛けている。目の表情は見えないが、物腰の柔らかい、優しげな印象だった。

彼女は、向き直って講師たちに頭を下げ、

「わたくし山賀《やまが》葉子《ようこ》と申します。ボランティアで、電話相談を受けております。どうぞよろしくお願いいたします」

　声も優しげで、太いというのとは少し違う、包容力を感じさせる響きがあった。

「不勉強のため、失礼なことをお訊《たず》ねするかもしれませんが、あらかじめお許しください。まず、家族療法のことで質問がございます。子どもの問題は、家族から発することが多いが、それを治すのも、家族の力によるほかはないというお話でした」

「ええ」と、男性講師がうなずく。

「社会はまったく関係ないのでしょうか。家族を取り巻く環境、経済、子どもが通う学校の対応、テレビをはじめとした様々なメディアにあらわれているこの国の家族観はどうでしょう。社会が、家族に影響を与えている面はありませんか」

「それはもちろんありますよ。そのようにも申したつもりでしたが」

「ですが、社会を治療するお話はうかがっておりません。先生の家族療法では、夫婦間のひずみを改善するカウンセリングを主になさるというお話でした。でも、家族関係を改善できたとしても、家族に影響を与えている社会が変わっていないなら、社会で暮らすほかはない家族には、再発の危険性があるということになりますね」

「我々にも限界があります。社会を治療するなど、とてもできません」

「つまり、その場限りの、間に合わせの医療をなさってらっしゃる、ということですか」

男性講師は、さすがに表情を強張《こわば》らせ、

「その場限りのつもりはありません」と、語気を強めた。

だが、婦人は悠然とした態度を変えず、

「個人の生き方うんぬんというお話もございました。独自の価値観を見つけていない、などと指摘されても、具体的にそれはどういうことでしょう? たとえばほかの国の方々は全員、幸いとは何かということを、幼い頃から追求され、独自の価値観を、個々でつかんでいらっしゃるんですか? 世界経済のことも話されてましたけど、グローバリゼーションですか、ひと握りの人が裕福になり、多くの人はとり残される経済構造が、さらに隅々まで行き渡りつつあるように思うんです。このことも家族問題に少なからず影響を与えているとしたら、小さな家族に何ができるでしょう」

「誤解があるようですが、わたしが申し上げたかったのは、もっと自分の頭で考え、行動することが大事だということであって……」

「みなさん、考えていらっしゃいますよ。苦しんでいらっしゃいます。子どもたちもそうです。自分で考え、苦しんで、どうにもならないから、問題行動にいたったという子は、とても多いんです。悩み抜いて、でもうまくいかない……だからつらいんです。だから、わたしたちは今夜ここに来ているんです」

婦人の言葉に、会場内の半数以上の人がうなずいた。彼女は、小さく吐息をつき、

「非難されることに、わたしたちはとても弱いんです。おまえは何も考えてない、人生の目的を真剣に考えてない、政治意識も乏しい……そのとおりかもしれません。そんな親だから、子どもがおかしくなったんだと責められたら、顔をおおって泣くしかありません。でも、本当にそれが原因なんですか？　問題行動を起こしていないお子さんの家族は、みんな問題意識を高く持って、政治にも経済にも強くてらっしゃるんですか。朝から晩まで働きながら家事もして、難しいことは何もわからないけれど、立派に子どもを育てたという方は、昔は沢山いらっしゃいましたよ。いまも大勢いらっしゃいます。ある日突然です、子どもがある日突然、自分の考えていたような子でなくなっている……。ほかの親と変わったことをしたつもりはない、なのにどうしてと驚き、困惑するばかりです。ゆっくり本も読みたかった、友と人生論も交わしたかった、政治にだって興味はなくはない、でもそんなゆとりもなく懸命に暮らしつづけてきた最中《さなか》に、それは起きるんです。ご理解いただけます？」

会場の一部で、ぱらぱらと、かすかな拍手が起きた。婦人は、背後を振り返り、応えるようにほほえんだ。そしてまた前に向き直って、

「これは精神医療全般について言えることですけれども、子どもが、クリニックや病院へ行かないと主張した場合、どうなりましょう。子どもを医療現場へ連れてゆくことができれば苦労はしない、とお思いの親御さんは少なくないと思います」

半数近くの人がまたうなずいた。

「しかし、病院側としては、やはり来ていただかなくては、どうにもなりませんし」

「つまり、病院へ連れてゆけない子どもを抱えた家庭は、あきらめろと?」

男性講師が、つい苛立《いらだ》った表情を浮かべ、

「親御さんの同意があれば、本人が拒否しても、強制的に入院させることは可能ですよ」

会場内の人々が、動揺した様子で身じろぎし、何人かは非難の意思をあらわしてだろう、壇上にも届くようなため息を洩《も》らした。

すかさず游子が、小さく咳払《せきばら》いをして、

「ですから、家庭と医療機関との架け橋として、児童相談所や保健所などの公的機関を利用していただければと考えています」と、とりなすように言った。

「病院に行かせたことが、結果として、子どもの心を傷つける場合があります」

婦人が、游子を無視する形でつづけた。「いまの社会には、精神疾患への差別意識があり、各メディアのニュースや表現においても、それは顕著です。幼い頃からこうした差別的な文化のなかで育った子どもは、精神病院にかかるという時点で、劣等感にさいなまれ、将来を悲観してしまいます。また児童精神科の専門医も施設も不足しています。医療者の対応によっては、二度と病院へ行かなくなったり、状態がさらに悪くなったりした例も聞いています。この点を、医療現場の方々はどう考えてらっしゃいます？　それも家族の問題ですか。家族が負うべき責任なのでしょうか」

男性講師は、眉間《みけん》に皺《しわ》を寄せてうつむき、

「医療現場にも反省すべき点はあると思いますが……やはり限界というものが……」

と言いかけ、あとはつづかなかった。

婦人は、今度は女性講師のほうへ、からだの向きを移した。

「次に、『家族間暴力対策ネットワーク』様のことで、少し質問がございます」

女性講師が、驚いた顔で背筋を伸ばし、マイクを持ち直した。

「あ、どうぞ」

「先生は、先ほど紹介してくださった新聞記事の、わが子をあやめてしまった親御さんに、直接お会いになられたのですか」

「わたしは先生ではありません、国枝《くにえだ》で結構です。Aさんご夫婦には会っていません」

「減刑嘆願の署名運動についてですが、そのご夫婦の希望だったのでしょうか」

「いえ。これはご夫婦に対する同情と、自分たちにとっても身近な問題だからという共感から、自然発生的に生まれた運動です」

「当のご夫婦がどう思われるかは、関係なかったということですか？」

「喜ばれていたと思いますよ。求刑に対し、随分と軽い判決が下りました。間接的に署名運動が影響したものと考えています」

「ご当人たちが減刑を望んでいたかどうかは、おわかりにならないのでしょう」

「そんなことはありません」

女性講師は、憤然とした態度で、むしろ司会者である游子のほうを睨み、

「なんだか変な質問ですね」とつぶやいた。

「わたくしが申し上げたいのは、本当にそうした運動が、苦しんでいる当のご家族のことを慮《おもんぱか》っておこなわれているのか……また社会全体に、どういう影響を及ぼすかを見通された上でなされているのか、疑問があるということです。同じことは、児童相談所へもつねづね申し上げたいと思っていたことです。相談機関の方々は、国や社会の家族観と、現実の暮らしとのギャップを、正確に把握してらっしゃるんですか。

家族個々がどうありたいのか心根にある希望を聞き、法律面を含めて社会が家族に与える影響も分析して、理想とされる真の家族の姿と、現実との差を埋めるべく、計画的に相談を受けていらっしゃるんですか」

壇上の隅に下がっていた游子が、覚悟を決めてか、わずかに前に進み出て、

「ここで、わたしが代表のように語ることは問題がありますので、個人としてお答えしてもよろしいでしょうか？」

「本来もう少し責任ある立場の方に、お訊ねしたいことではありますけど、仕方ありません、先生の個人的なご意見でも結構です」

「氷崎です。……先のご質問ですが、いま現在悩みを抱えているご家族の、苦痛なり不安なりを解消できるよう努力し、安定した生活を取り戻していただくことが、まず一番に大切と考えています。わたしたち公的機関の役割は、市民の求めに即応し、必要とされるサービスをおこなうものであって、社会や経済の構造といった問題については、また別のことになろうかと思います」

「本当に市民が必要としているサービスを、正しく提供できているとお考えですか」

「それは、確かに足りない面はあるとは思っていますし、反省し、協議して……」

「あるべき理想の社会像や家族像を欠いたままの医療や相談では、問題の上《うわ》っ面《つら》しか

解決できないのではないでしょうか。安定した生活を取り戻してもらうと申されましたが、一時的な安定が、もっと深刻な問題を引き起こす場合もありはしません？　理念もなく、ただ問題を短絡的に決着させることに終始している現在の公的機関や医療のあり方は、予算や人員の不足、あるいは立場の限界を言い訳にして、家族問題の実情に追いつかない位置にとどまっていると思います」

婦人は、周囲の人々のほうを振り返った。

「児童虐待《ぎゃくたい》が増えてますね。いじめも、いじめを引き金とする死亡事件も、ニュースでよくお聞きでしょう？　不登校や引きこもりも、増加傾向にあるそうです。摂食障害や自律神経失調症、うつ病など、ストレスから発したと思われる子どもたちの病気も、近年多くなったと聞きます。犯罪をおかした子どもの再犯率は、残念ですけど、高い割合にのぼると白書にありました。公的機関や医療関係の方々は、自分たちなりに頑張っているとおっしゃいます。それを疑うものではありませんが……表面的な処置にとどまっているために、問題はどんどん深く、そして広まっているんです」

彼女は、いったん口を閉ざし、人々の顔を見つめた。誰もが息をひそめて、彼女の次の言葉を待っている様子だった。

「いまに取り返しがつかなくなるんじゃないか、そう恐れています。一つの例が、千葉と埼玉で起きた、子どもによる無理心中事件……そして、先だっての麻生さんというご家族の事件ではないでしょうか。わたしも雑誌を読みました。象徴的な事件のように思いました。現代の社会状況や、この国だけでなく、欧米など経済先進諸国に蔓《まん》延《えん》している、自分たちさえよければという自己中心的な考え方によって、あの家の人々も追いつめられていたのではないかと感じたんです。問題を起こした家庭だけがおかしいかのように指弾する、そうした現在の状態がつづくなら、もっと恐ろしい事件が起きる気すらしました。何もかも、一家庭の責任にしてよいのでしょうか？」

講師たちをのぞく、会場内のほとんどの人が、婦人に強い共感を抱いているのが、浚介にも伝わってきた。行政や医療の関係者に対し、どうしても弱い立場で言い切れずにいたことを、婦人が具体的に言葉にしてくれたことへの、感謝や快感もあるのかもしれない。

「口でおっしゃるのは簡単ですが、上っ面でない根本的な解決とは何を指すのでしょう。たとえばあなたには、真の家族のビジョンというものがおありになるんですか」

游子が、主催者側の体面もあってか、かろうじて抵抗を示して訊ねた。

「もちろんです」

婦人は游子に背を向けたままで答えた。彼女は、会場の人々へほほえみかけ、

「真の家族に必要なものは、目新しいものじゃありません。愛です。無償の愛、ただ捧《ささ》げる愛です。子どもからも、配偶者からも、親からも、また周囲からも、まったく見返りを期待しない、おのれを捧げつくす愛こそが、人を、家族を、そして子どもたちの未来を支えるんです」

単純すぎる答えのはずが、この場の空気では誰も笑わず、真摯《しんし》な言葉に聞き入った。

「いまの家族には、捧げる愛が、希薄に思えてなりません。政治や経済の要請、またマスコミやメディアが作り上げたイメージに踊らされて、人はなにより個人の欲求を優先するようになりました。確かに物質的な豊かさを、社会は手に入れました。でもいま、おれが、わたしがと、多くの人が自己中心的な夢ばかり語っています。自分の夢や理想を追うためなら、子どもを犠牲にしても仕方ないと、そう考える大人がいま多くないですか？　わたしは離婚をすべて否定するものではありません。やむにやまれぬ事情もあると思います。でも一方で、恋愛を人生の中心に置き過ぎて、夫婦のどちらか、あるいは両方が、新たな恋愛に走ったために離婚にいたり、結果として子どもにつらい想《おも》いをさせているケースは増えてませんか？　ギャンブルに夢中になるなど、親の不注意によって子どもが死亡した事件を、新聞で拾い上げてみてはいかがでしょう……。こうしたことは、社会全体が戦後から今日にかけ何を一番大切に考えてきたかということと、無関係とは思えないのです。見返りを期待せずに人を愛するのは、とても難しい。親なら、家族なら、しぜんと無償の愛があると考えるのは、幻想です。家族が幸せであること、それは幻想ではなく、希望であり、目標です。自覚と、努力が必要なものなのです」

婦人は、自分の胸に手を当てて、周囲の人にも同じようにするように語りかけた。積極的に、あるいはおずおずと、多くの人が言われたとおり胸に手を当てた。

「自分の子どもの頃を思い出してください。親の愛が足りないと感じたことはありませんか？　一般に、皆さんはまずまずの愛情を受けて育った子どもだと思います。そうした子は、大きな問題は起こしません。ある程度、満たされてきたからです。でも、心の底では、わずかにしろ欲求不満が残っているはずです。もっと包容力のある、絶対的な愛を欲していた、なのに叶《かな》えられなかった……。大人になっても、その欲求不満は、心の奥でくすぶりつづけます。でも二度と叶えられない、だから代替物として、金銭や権力を、あるいは人からの拍手や、ほめ言葉を欲しがるんです。新しい恋愛や性的な関係を、つねに欲しがる人もいます。親の愛を十分に知らない人が、お金や地位や性的なもので、かつての寂しさを埋めようとする事例を、聞いたことはありませんか？　喜びそうなモノを次々買ってあげたり、英才教育をさずけたりすることには、子どもの幸せを願う気持ちのほかに、自分可愛《かわい》さの感情が混じっていないか、反省してみることも必要です。いい学校に入れてもらったことと、ただ愛を捧げてくれたこと……どちらに、あなたは親へのより深い感謝を抱きます？　自己犠牲的な愛を、どう相手に伝えるか……見返りを期待せずに愛することのできる自分へ、どうすれば成長してゆけるのか……そこに人として悩む価値はあるように思います。家族それぞれが、互いに愛を捧げ合えたとき、何ものにも代えがたい一体感が生まれるでしょう。その一体感こそが、幸福と呼ばれるものじゃないですか」

彼女は、ひと呼吸置いて、游子たちのほうへ向き直った。

「皆様方には、愛情を求めてふるえている、人間の真実の姿を見つめてほしいと思います。家族については、社会から受けた影響と、今後社会とどう関わってゆくべきかということまで考慮して、相談にあたっていただきたいのです。でなければ本当には意味がありません……。つい長く話してしまいました。最後にひとつ、切実な問題提起をさせてください。ここにいらっしゃる親御さんは、子どもの問題に誠実に向き合おうと懸命です。けれど世の中には、子どもが家出をしたり暴れたりしても、何もしない無責任な親もいます。親に突き放された少年少女が、ほかの子に暴力をふるったり、犯罪をおかしたりする例は、お聞きおよびでしょう。こうした家庭をどうされます？　そうした子のいじめや暴力を受けたために、引きこもりや自殺に走った子どもが現実にいます。ここに集まった方々のお子さんのなかにもいらっしゃるでしょう。こうしたセミナーを設けても、親子関係を真剣に考えない家庭は、ただ放置しておくというのでは、次々と新たな家族問題が発生するだけではないですか……。いまここでお答えいただけるとは思ってません。この社会、また世界全体で考えるべき問題だからです。どうかよくお考えになり、今後の相談に生かしてください」

婦人は、静かな口調で言い終えて、深々と頭を下げた。会場全体が拍手に包まれた。セミナーを主催した側の思惑は、大きく外れたのかもしれない。このあと質問者は二人だけで、しかも簡単な問い合わせに過ぎず、質疑応答の形には発展しないまま終わった。むしろ参加者の多くは、部屋から出てゆく先の婦人のもとに集まり、それぞれの悩みを聞いてもらいたそうな様子だった。

浚介は、人々の波とは逆に進み、前方でプロジェクターを片づけていた游子のもとへ歩み寄った。声をかける前に游子が振り向き、会釈《えしやく》をした。

「お疲れさま。大変でしたね」

浚介はねぎらいの言葉をかけた。

游子は、仕事の手を止めて、

「こちらこそ。多くの教育機関や学校へ通知を差し上げていますが、現場の方々もお忙しいのでしょう、なかなか来ていただけません。よく来てくださいました」

「こんなに熱気があるとは思ってなかったから驚きました。こうしたセミナーは、よく開かれてるんですか」

「ふた月に一度か、小さなものは月に一度」

「いつもこんなに大勢？」

「テーマによっては、この部屋に入りきれないほどのこともあります」

「そうですか。いや、思ってた以上に男の人がいたなぁ……」

「最近少しずつ男性も見えるようになりました。ただ、奥さんに手を引かれて仕方なく……という理由が、数としてはまだ多いようで、積極的に発言される方は稀《まれ》です」

「そう言えば、さっきの女性の発言、皆さん、かなり圧倒されてましたね」

「ええ、まあ……」

游子の表情が曇った。

「あの方はよく参加されるんですか」

「うちへは二度目です。でも、ほかの相談所のセミナーへも、よく顔を出されているらしくて、山賀さんというお名前は聞きます」

「実際かなり話し慣れた感じで、つい聞き入ってしまったなぁ……」

游子が、またプロジェクターのコードを巻き上げる仕事に戻り、

「わたしたちの限界は、いつも考えさせられていることです。現実に予算も人員も限られて、社会を変えるといった権限もなければ、職務上そうしたことを考えること自体許されていません。言い訳だと言われれば、確かにそうかもしれませんけど」

「いや、言い訳とは思いませんよ」

「議論するのはいいんです。市民が必要としているサービスが何かを知る、よい機会だと思います。でも、あの方の場合、講師の方や相談所側を攻撃して、ご自分の宣伝をなさるようなところもあって……」

「宣伝？」

そのとき、受付にいた女性職員が、游子の前に駆け寄ってきた。

「氷崎さん。あの女性が、また一階のロビーでチラシを配ってます」

游子が、肩を落としてため息をつき、

「管理課長に言って、止めてもらって」

「講師の先生方にご挨拶《あいさつ》があると、所長室へ行かれました。処遇課長も一緒です」

游子は、女性職員にあとを頼んで、足を少し引きながら外へ向かった。

浚介は彼女を追った。不審な男のことも話しておかなければならない。エレベーターに一緒に乗ったところで、彼女も気がつき、

「あ、話の途中でごめんなさい」

「いいんです」

不審な男のこと、実森家のこと、亜衣のこと、病院に来てくれた礼のこと、どれから話すべきか迷っていると、

「ご自分の宣伝チラシなんです」

游子がつづきのように語った。「集まられた方々へ、ご自分が受け付けている電話相談のチラシを配ってらっしゃるんです。営利目的ではないので、宣伝とは言いきれないところもあるんですが、公的な場所ですし、注意しているんです」

浚介が話をする間もなく、エレベーターは一階に着き、扉が開いた。

玄関ロビーには、大きな人の輪ができていた。輪の中心にいるのが、先ほど発言していた、山賀葉子という婦人だった。彼女は、集まった人々にチラシを渡しながら、

「気軽に掛けてきてください。公的機関の多くは、受付が日中の限られた時間です。うちは夜の二時や三時でも大丈夫です。問題が起きるのは、深夜のほうが多いでしょ？　夜、眠れないという方もいらっしゃると思います。電話をしたいと思ったその

ときに、掛けてくだされぱいいんですよ」

游子が、彼女たちのほうへ近づき、

「山賀さん、やめてください」

と止めた。人の輪がわずかに崩れた。

山賀葉子が、游子にサングラス越しの視線を向け、

「あら、氷崎先生。どうされました」

「ここでチラシを配られては困ります。以前も申し上げました」

「どうしてです？　皆さん、こうした情報を求めておられるように思いますけど」

「許可をお取りください。公共の施設です」

「では、すぐに許可をいただけますか」

「会議にかけます。ただし秩序や清掃の問題がありますので、配るのでなく、所定の場所に置いていただく形になると思います」

山賀葉子は首を横に振って、苦笑した。

「チラシを配る程度で、どれほど秩序が乱れたとおっしゃいますの？　清掃と言っても、誰も捨ててなどいらっしゃいませんよ」

彼女の周囲に集まった人々が、一斉にうなずき、游子を不審そうに見る。

「わたくしは少しでも皆さんのお役に立てればと思ってるだけです。公的機関のお仕事のひとつは、そうした民間のボランティア活動との連携を強めることではないですか。非営利組織や非政府団体が、公的機関の手が届かないところを補い、互いに協力し合うというのは、世界的な流れじゃありません？」

彼女の口調は、非難というより、相手をさとすように響いた。

「たとえば夜の二時、三時に、公的機関が電話相談を受けてくださいます？　相談においては、ひと組ひと組に充分な時間がとれてますか。家族が継続的な相談を望んでも、公務員には異動があり、担当の方が変わることもありますね。そうしたおりの、相談者の気持ちはどうお考えです？　縦割り行政で、連絡がうまくゆかず、介入が遅れて、死亡にいたった児童虐待《ぎゃくたい》の被害者数はどのくらいにのぼりますか」

游子が少しずつ顔を伏せてゆく。だが、気力を奮いたたせてか、顔を起こし、

「確かにいたらないところは多々ありますが……わたしたちを責めて、ご自分を正当化しようとする言動は、おやめください」

しかし声には力がなく、周囲に向けての説得力も欠いていた。

山賀葉子のほうは、むしろ気づかうように游子の顔をのぞき込み、

「氷崎先生、もしかしたらひどくお疲れじゃありません？　先ほどから、職場や、ご

自分たちの保身ばかり口にされてるように聞こえましてよ。それでは、悩みを抱えて相談に来られたご家族は救われません。皆さん、自分のことを一番に考えてほしくて、相談に訪れるんですから。仕事やプライベートで何か悩みがおありでしたら、あなたもお電話ください。大変なお仕事だもの、悩みを吐き出す場所は必要ですよ。心が疲れ切ってしまったら、その気がなくても、誰かを傷つけたり、無意識にほかの方の不幸を望むようにもなりかねません」

「望んでんだ、こいつはっ」

浚介の背後で、いがらっぽい怒鳴り声がした。先ほどの、不穏な印象の小柄な男だった。男は、トイレに通じる通路のところから、ふらふらこちらへ歩み寄ってくる。

游子が、その男を見て眉根《まゆね》を寄せた。

「駒田さん……」

駒田と呼ばれた男は、游子を指さし、

「みんな、ようく聞け。この女は、おれたち家族を、不幸におとしいれたんだ。娘を奪って、いくら返してほしいと頼んでも、薄笑いを浮かべて、だめだと突っぱねる。娘も帰りたいと言ってるのに、施設に隔離しやがった」

彼は急に咳《せ》き込んだ。飲み過ぎなのだろうが、苦しげで、痛々しくさえ見える。彼は、胸のあたりを押さえて顔を上げ、

「規則とか言ってたが、違う。この氷崎って女は、他人が苦しむのを見るのが好きなんだ。家族の不幸を楽しんでる。大勢の家族が、この女のせいで地獄に落とされたに違いねえんだ」

駒田は、頼りない足取りで進んできながら、作業着のポケットに手を入れた。

瞬間的に、浚介は自分が襲われたときの恐怖がよみがえった。もしかしたら駒田はナイフか何か、凶器を隠し持っているのではないか。からだが強張《こわば》り、足がふるえる。このままでは游子が危険だとも思い、なんとか前に踏み出そうとした。だが、想《おも》いとは逆に、からだは後ろへ下がろうとする。懸命に耐え、片側の足だけは残した。

「この女を生かしといたら、もっと不幸な家族が、次から次と……」

駒田が、うめくように言って、浚介が道を空けたところを通ろうとした。からだがふらつき、浚介の残した足につまずいた。あっと思う間もなく、駒田は前のめりになり、へたり込むように床に膝《ひざ》をついた。

「ちくしょうめ……」

駒田は、何も持っていない手をポケットから出し、そのまま額を床にぶつけた。

「あら、大変。大丈夫ですか」

山賀葉子が慌《あわ》てて駒田の前にしゃがんだ。彼女が、自分のハンカチを出し、彼の額に当てる。さらに腋《わき》の下に手を差し入れて、

「しっかりなさって。ほら、がんばって」

と、彼を立たせようとした。彼女のサングラス越しの視線が、浚介に向けられ、

「あなた。よろしかったら、手伝ってくださらない」

柔らかい声音に、浚介から恐怖が去った。前に出て、駒田を後ろから支える。

山賀葉子は、ほとんど正体を失った駒田に繰り返し呼びかけ、

「よほど苦しい想いをなさったのねぇ……」

と、優しく彼の背中を撫《な》でた。

駒田は、それが聞こえたのかどうか、からだを浚介に預けたまま涙を流して、

「娘が可愛《かわい》いだけなんだ……取り上げないでくれよ、おれの命なんだ」と、うめくように言う。

「あなたは、この人に、いったい何をしたの」

山賀葉子が、浚介に対して、悲しむような声で訊《たず》ねた。

游子は、ほかの人々からも険しく見つめられるなか、背筋を伸ばし、

「間違ったことはしていません。駒田さんや、彼のお子さんのために、最善と思える方法で対応してきたつもりです」と答えた。

「いい加減なことを言わないのっ」

優しかった声が突然責めるように響いた。「だったら、どうしてこの人は、あなたを恨むようなことを言うんです。この人の言ったことが事実なら、大変なことですよ」

「事実ではありません」

言い返す游子の口調は弱々しかった。

「この人は、とても苦しんでいます。誰かを憎んだり恨んだりするのは、とてもつらいことです。あなたが、自分の行為を正しいと主張されるのは自由です。でも、ごらんなさい。あなたが正しいと思ってなさったことで、人が苦しんでいます。あなたの仕事は、相談相手を怒らせ、憎ませるようにすることですか？　家族は様々です。資料や数少ない経験で、割り切っていいものではありません。大事なのは、診断や処理の前に……悩みを抱えている人の隣に、相手がもういいと言うまで座ってあげる、そうしたぬくもりを捧《ささ》げることです。職業や立場をふりかざさず、謙虚におなりなさい。

人のために何もできない愚かな一個人だと、自覚することから始めるべきです。頭を下げて乞《こ》うような態度で、仕事をしなければいけません。あなたが生活するためのお金は、すべて人々の苦しみや悩みから出ているものなんですよ」

　彼女の言葉は、途中からまた柔らかな声音に戻り、修道女の説教のようにも聞こえた。游子はひと言も言い返さなかった。

「この方は、わたしが送っていきます。あなた、申し訳ないですけど、タクシーが通る道まで助けてくださいますか」

　言われて、浚介は大通りまで駒田を支えた。周囲にいた女性たちも、後ろからついてくる。大通りに出たところで、女性たちのうちの誰かがタクシーを停め、べつの誰かがタクシーのドアを大きく開いた。浚介は、駒田を奥の座席に乗せてから、外へ出た。山賀葉子は、乗り込む前に、集まっている人々をもう一度見回して、

「みなさん、本当に遠慮なさらず、お電話をくださいね。日曜日には、自宅でティー・パーティーのようなものも開いています。同じような悩みを抱えた方たちが集まって、普通に会話を楽しんだり、助言し合ったりするんです。チラシに場所も載ってますから、よかったら遊びにいらしてください。では、さようなら」

　浚介以外の、たぶん全員が礼を言い、なかには彼女の手を両手で握って、別れを惜

しむ者も現れた。タクシーが発進したあとも、人々の輪はしばらく崩れなかった。浚介は、游子のことを思い出し、人々の輪から外れて、後ろを振り返った。遠くのビルの入口付近に、線の細い影が見える。影は、ゆっくりこちらに背を向けて、ビルのなかへ入っていった。ひどく重そうに足を引き、不安定なほどからだが揺れていた。

【七月六日（日）】


馬見原は、扉の近くに立ち、苛立《いらだ》ちを抑えて目的の駅に着くのを待った。

日差しの強い日で、電車内にもまぶしい光が差し込んでくる。外はずいぶん気温が上がっているが、車内は微弱ながら冷房が入っていて、背広姿の彼には救われた。

昨夜、杉並署管内で、また住宅地に小動物の死骸《しがい》が置かれる事件が発生した。

被害にあったのは、これまでのように一軒家ではなく、建って間もない分譲型の高級マンションだった。マンションの玄関を入ってすぐの、メールボックスのあるロビーには、管理者から居住者への連絡事項を伝える掲示板が備えつけられている。その掲示板に、小型のインコの死骸が紐《ひも》で吊《つ》られ、その隣に、例の奇妙な手紙も画鋲《がびよう》で貼《は》られていた。

『皆様が買われたのは、住まいというより、むしろ、ぼったくりの鳥カゴだに。』

という文章で始まったもので、要旨は、本来はもっと広い場所で、上等の建材や良質の輸入品を、倍は安く買えたはずのものを、政府や銀行や建築業界の思惑に黙って従っているために、狭い鳥籠《とりかご》のような部屋に、何千万、何億と払っていることを、指摘したものだった。

『価格設定を不審に思ったことはねえだにか？　水増しした情報と見栄《みば》えのする宣伝にごまかされて、ごく少数の利権を持ってる連中に、食い物にされてるだによ。しかも、地盤沈下に、コンクリートや下水管の耐用年数……。そのカゴが、あと何年持つと思ってるだに？』

発見したのは、マンションの住民だった。通報を受け、杉並署地域課の警官が駆けつけた。署では、椎村がこの件をずっと追っていたため、課長命令で捜査の引き継ぎがおこなわれた。

ペットなどの小動物を殺して、住宅の前に置いてゆく事件は、ひと月前、中野署管内のタワー・マンションでも起きていることが、両署の刑事課長の話し合いのなかで判明した。同一犯の可能性があり、被害が拡大するようなら、マスコミが嗅《か》ぎつけるか、本庁が動きだしかねない。となれば、事件数が最も多い杉並署の捜査状況が、一番に問題視される可能性があった。

この日、出勤日だった馬見原は、課長の笹木から、椎村を手伝うよう指示された。副署長からもじきじき電話が入り、すべての現場を確認し、くわしい報告を出すよう強く求められている。

馬見原は、椎村とともに、昨日の現場である阿佐谷の新築マンションを確認後、一ヵ月前に事件の発生した東中野のタワー・マンションに向かっていた。玄関のオートロック扉の内側に、小型犬の死骸が置かれていたというものだ。マンション仕人の飼い犬で、前日から行方がわからなくなっていたらしい。例のおかしげな手紙は、首輪にはさまれていた。中野署によると、手紙の内容はやはり住居の欠点をあげつらう文章だったという。

「ホシの年齢はもう少し上に見て、大学生や浪人生あたりも視野に入れたほうがいいかもしれないですね」

隣に立っていた椎村が、小声で話しかけてきた。

「ともかく抵抗できない動物を殺すなんて、人間として最低ですよ」

馬見原はほとんど聞いていなかった。練馬署管内の、実森という家で起きた事件のことが、ずっと頭を占めている。

昨日、仕事が休みだったため、母を見舞いにいった。以前からの約束で、施設長から母の状態について説明を聞くことになっていた。

母は、肉体的には健康で、自分で杖《つえ》をついて長い距離も歩けた。施設長の説明では、誰とでもよく話し、レクリエーションでは自分から歌うなど、積極的な面が出ているという。だが彼女は、馬見原を息子ではなく、亡《な》くなった夫の元同僚として迎えた。真弓の結婚相手である石倉の写真を、これが息子ですと、馬見原に紹介し、髪を金色に染めた息子への愚痴を、彼に向かって訴えた。

「あなたからも言ってください。あなたみたいな、まじめな警察官になってもらいたいんです」

妻の佐和子が、母と施設内を散歩しているあいだ、練馬署の羽生や、本庁勤務で付き合いのあった捜査関係者に連絡を取り、実森家の情報を得ようとした。夕方には、実森家の戸主の死因は窒息死、妻の死因はショックによる心停止だと聞いた。また息子の死は、灯油を飲んだことによるものらしく、捜査本部内では無理心中の見方が強くなっているという。

当然、麻生家との共通性も問題となり、杉並署の意見を聞きたいという意見が練馬署の捜査本部で出たらしい。馬見原は、今朝一番に出勤して、笹木に練馬署の捜査本部へ出向させてほしいと申し出た。即座に断られた。練馬署の捜査本部が求めているのは、麻生家事件の概要を知ることであって、捜査協力ではない。練馬署へは、笹木が出向くことにすでに決まっていた。

「着きました」

椎村の声が聞こえた。馬見原がもたれていた乗降扉がいきなり開く。

「マンションの玄関がオートロックでも、裏口は簡単に入れるところが多いんです。ホシは下見を念入りにやってるんでしょうね」

椎村が、立ち止まったり、戻ってきたりしながら話しかけてくる。

馬見原は、椎村につづいて改札を抜け、駅舎を出ようとした。そのとき、横手に折れる方向に、地下鉄の入口を示すプレートが見えた。練馬方面へも延びている路線だ。ほとんど衝動的に、地下鉄の入口に向かって進路を変えた。椎村のことは放って、階段を降りてゆく。途中からエレベーターを使って地下深くに降り、ホームに立った。ほどなく電車が入ってきた。馬見原は迷いなく乗り込んだ。扉が閉まる寸前、椎村が息を乱して駆け込んできた。

どうしたんですか……椎村が息を切らして、目で問いかけてくる。

「おまえは、自分の事件を追え」

彼から目をそらし、小声で突き放すように言った。

「次で降りて、先に行ってろ。おれはあとから行く」

椎村は、まだ言葉が出ない様子で、黙って首を横に振った。

目的の駅までは、周囲に乗客もいるため、二人とも黙っていた。

被害のあった実森家の住所は、昨日のうちに調べてあった。最寄り駅で降り、地上へ向かう。椎村も離れずついてきて、

「警部補。もしかして、本気であの家に行くつもりじゃないでしょうね」

笹木から注意されていたらしい。地上へ出る手前で、椎村は馬見原の前に回り、行く手を阻《はば》むように両手を広げた。

「課長から言われてるんです。警部補が練馬へ行くことは許されてません」

「邪魔だ」

相手を押しのけ、地上に出た。夏の日差しに目がくらむ。額に手をかざし、ネクタイをゆるめて歩きだした。椎村もしつこく追ってくる。

「いま課長は、練馬署の捜査本部に説明に行ってます。馬見原警部補が現場に現れたなんて、もしも練馬署に報告が上がったら、課長の顔がつぶれますよ。警部補が勝手な動きをしたら、報告しろと言われてるんです。自分の報告で、警部補の立場が悪くなるのは困ります」などと、しゃべりつづける。

馬見原は、それを無視し、ときには小突くようにして払いのけ、頭に入れてある道をたどって、実森家へ進んだ。

ブルーシートでおおわれている二階建ての民家の前へ出たところで、足を止めた。事件発覚から三日目となり、立入禁止を示すロープは、実森家の門のところまで下げられている。そのため、家の前の道路は自由に往来できた。当家の塀と並行して、鑑識のバンと警察車両が二台止まっている。騒々しい人の出入りや、ものものしい気配はない。付近にマスコミ関係者も、野次馬の姿もなかった。

馬見原は、実森家の前から、周囲を見回した。商店はなく、少し先に低層のアパートやマンションなどの集合住宅があるほかは、二階建ての民家が並ぶ住宅地だった。大通りから二すじ奥に入って、街灯もまばらなため、夜はかなり暗いだろう。

来た道をさらに先へ、実森家を通り過ぎる形で進む。百メートルほど離れた、空き地同然の駐車場の前で止まった。途中に小さな分かれ道もあり、たとえばこの場所や、道路脇《わき》に車を止めていても、深夜なら、とがめられることはなさそうだ。

「警部補、いま帰ってくれるなら、報告せずにすませてもいいんですよ」

椎村が、そばに来て、恩を売るような口調で言う。

彼の耳をつかんだ。相手が痛がるのも聞かず、ぐいと引っ張り、

「ようく見ろ。この空き地同然の駐車場に車を置く。現場の家まで街灯は？」

「あ……二つです」

椎村が懸命に答える。

馬見原は、なお彼を離さず、

「火曜の夜は、この一帯は雨が降った。誰にも会わず現場まで往復することは、難しくない。どうだ」

「かもしれません。あの、痛いです……」

椎村の耳をつかんだまま、実森家のほうへ歩いた。実森家まであと数軒という家の、奥行きのある門前で止まり、

「人が通りかかっても、この門の陰に身をひそめれば、楽にやり過ごせる」

「警部補、すみません。耳がちぎれます」

「ちぎってんだ」

「そんな……」

「麻生家の場合も、近くに無人の駐車場があった。路上駐車が多い地域でもある。夜中に行って確かめたが、簡単に誰とも会わずに、麻生家へ出入りできた」

「……なんの話ですか」

「飾りだけの耳など、いらんだろ」

振り回すようにして、相手を離した。顔をゆがめて耳をこする椎村を残し、実森家

の前へ進んで、ロープをくぐる。

「だめですよ、まだ捜査中じゃないですか」

椎村のひそめた声が背後で聞こえた。

馬見原は勝手にシートを開いた。すぐに玄関ドアとぶつかった。いたるところに指紋採集の跡がある。横手の庭のほうにいた制服巡査が、慌《あわ》てて玄関の見張りに戻ってきた。にきびの目立つ顔で、

「どなたですか」と、声をかけてくる。

馬見原は警察手帳を見せた。巡査が敬礼をする。相手が手袋をしているのを見て、開けてくれるように言った。巡査がドアノブを握り、どうぞとドアを開く。なかでは、私服の若い捜査員が靴箱をのぞいていた。顔だちが甘く、こちらを振り返ったしぐさにも鋭さがない。本庁勤務ではなく、練馬署の新人だろうと見当をつけ、

「ご苦労さん。羽生警部補はいるかい」

あえて横柄な口調で訊《き》いた。

相手は、素直にはいと答えて、

「お呼びしましょうか」

ちょうど家の奥から、くたびれた背広を着た男が現れた。はげ上がった頭を手のひ

らで撫《な》でながら、こちらに向かって歩いてくる。

「羽生警部補、この人が」

若い捜査員が、馬見原のことを教えた。

羽生が、あっと声を呑《の》んだ様子で、馬見原の前まで小走りで来た。ああ、そうかい、へえ……と、言葉にもならないことを口にし、靴にかぶせたカバーを取って、

「まあ、とにかく庭へ回ろうや」

と、目も合わせずに、先に外へ出ていった。

馬見原は、彼の後ろから、検証を終えたらしい無人の庭へ足を踏み入れた。

「会ったのは、いまの若いのだけかい」

羽生が後ろを確かめながら訊く。

馬見原はうなずいた。

「あとは表の巡査だけだ」

「どっちも新入りだ。靴箱をのぞいてたのは、四月のガサ入れのときは休んでた。会ったことないだろ」

「ああ。本庁の人間と思ってるだろうな」

「だめだよ、ウマさん。おれがいなかったら、あんた、どうするつもりだったんだ」

「いると思った。いなきゃ適当なことを言って、どっちみち家に上がったさ」

「それでよくいままで免職にならなかったもんだ」

「何度もなりかけたさ。懲戒を怖がってて、刑事捜査ができるか」

羽生が呆《あき》れたように吐息をつく。

「真似《まね》はできんね。状況は電話で教えたろ、来ない約束で教えたんだ」

「約束はしちゃいない。してても、破ったな」

「あんた、杉並の事件でも、無理心中の線に反対して、揉《も》めたんだって？　笹木さんから注意が来てたぜ。ウマが暴走してくるかもしれんから、気をつけろって」

馬見原は家のほうに首を傾けた。庭に面した窓には雨戸が閉まっている。

「誰か顔見知りが、いま、いるのか」

羽生が小さくうなずいた。

「本庁の管理官を、うちの課長が案内してる。見つかったら、なんて言い訳する気だ」

「近所の散歩さ。で、現場の状態はどうなんだ」

「どうもこうも……ひどいもんだよ」

「教えてくれ。窒息死とショック死というのは、どういうことだ」

馬見原の問いに、羽生が不快そうに顔をしかめた。彼は、話してよいものか迷う様子で、庭の乾いた土を靴先で掘るなどしていたが、

「父親のほうは、店で扱っている靴紐《くつひも》で首を絞められてた。母親は、その前にショックで心臓が止まったようだ」

「どうしてショックを受けたとわかる？」

「……からだに、火をつけられたからさ」

「なんだと」

「被害者は二人とも、裸で椅子《いす》に縛りつけられてた。その上で、父親のほうは、両腕に灯油をかけられ、火をつけられてる。首を絞めたのは、そのあとらしい。女房は、足だ。裸の足それぞれに火をつけられてた。首を絞める必要もなく、心停止はむしろ当然の結果だったろう。たまらん話さ」

馬見原は、話が自分のなかに正しく入ってこないのを感じた。

「なんで、そんなことを……」

「知らんよ」

「だが、腕に火をつけて、首を絞めたというのは……。足だけというのもよくわからん。火をつけて殺すなら、全身に灯油をかければいいだろう」

「ウマさん、まだ極秘だぜ」

目だけでうなずく。

羽生は、唇が乾くのか、しきりに舌先で湿らせて、

「被害者はいったん火を消されてる」

聞き違いかと思った。

「どういう意味だ」

「言葉どおりさ。火をつけては消す行為が繰り返されてるんだ。皮膚や肉に痕跡《こんせき》があるそうだ。現場には灯油缶と、きれいなグラス……ヴェネチアン・グラスとか呼ばれる、有名な工芸品らしい。ここの子どもがおかしくなるずっと前に、家族でイタリアを旅行したことがあるらしいから、そのときのみやげかもしれん。ほかには溶けたろうそく、炭になった新聞の束、それから毛布が残されてた。毛布はまだ少し湿っていて、ところどころ焦《こ》げてもいた。あくまで推測だが……灯油をグラスに移して、被害者のからだにかける。ろうそくから新聞に火を移し、被害者の上に落とす。すぐに湿った毛布をかぶせて火を消し、またグラスに灯油を注いで、被害者にかけ、火をつける。まあ、そんなことが何度か繰り返されたんじゃないのか」

馬見原は、言葉が出ず、羽生に向かって、嘘《うそ》だろと目で問いかけた。

羽生は首を横に振った。

麻生家の惨状が思い出される。やはり被害者はむごい犯行にあっていた。

「無理心中の線が出た決め手は？」

「遺書めいた文書だ。ほぼ、自分がやったという内容だった。ノートにもペンにも、指紋は少年のものだけ。筆跡鑑定にも出しているが、素人《しろうと》が見たところでも、少年がほかに残した字と似てる」

「ほかには」

「殺し方さ。この家には、誰かの恨みを買っていたというような話は一切出ていない。あるのは、子どもの問題だけだ」

馬見原は庭の隅に目をやった。紫陽花《あじさい》が植えられているが、花はもう枯れ落ちている。小さな虫が、その周囲を飛び交っていた。

「身内だからこそやれる残酷さってものが、現実にはあるだろ？」

羽生が同意を求めるように言う。

馬見原は、額に浮いてきた汗を手のひらでぬぐい、

「しかし……外部からの侵入が、まったく考えられなくもないんだろう」

羽生が自嘲《じちょう》にも似た苦笑を浮かべた。

「みんな同じことを考えるよ。息子のしわざだなんて、誰だって信じたくない。だから念入りに調べたさ。玄関も裏口も、それから窓も鍵《かぎ》が掛かってた。鍵に細工の痕跡はない。外部からの侵入の形跡はなかった」

「だが……たとえば合鍵があればどうだ」

「合鍵があっても、今度はあんな残酷な犯行の動機が見つからん。父親はギャンブルはしない、借金もない、酒も飲めない。金も通帳類もそのままだ。靴屋をやってるが、客とトラブルはなく、従業員のアリバイもある」

「捜査を始めてまだ三日目だろ。何か出てくる可能性も否定できんはずだ」

「けど、ウマさんよ、どんな動機なら、あんなひどいことができるんだ」

馬見原もすぐには答えられない。

「杉並の事件とも、状況は重なるようだな。こっちも、子どもが去年から学校に出ていない。家庭では暴力を振るっていたらしい。そっちのはうの証言はかなり集まってる。家や学校に火をつけてやると言ってたこともあるそうだ。あともう一つ……これも極秘だが、そっちの事件との重要な関連が出てる」

「なんだ」

「雑誌さ。ひどい記事が出たろ、ノコギリを使ったって……。あの雑誌が、子ども部屋にあった。ちょうど記事のページを開いてな。影響を受けたのかもしれん」

「ばか言え。雑誌を読んだくらいで……」

「これは心理に強い科捜研の技官の意見だが……たとえば、成績のよかった子どもが、優秀な進学校に入り、自分よりできる生徒を見て、挫折《ざせつ》を感じる。人生の目標に対する、虚無感をおぼえる場合もあるだろう。嫉妬《しっと》に劣等感、自己嫌悪《けんお》……悩みは深まり、今度は周りがみんな社会に従順なバカに見えてくる。そうした態度が、イジメを招くこともあるそうだ……。で、鬱《うつ》的になり、自分をだめにしたのは親だと思い、溜《た》まったストレスが暴力となって噴き出す。次第に、現実と幻想の境も混乱する。そんなとき、自分と似た状況にあった少年が起こした事件の、雑誌記事が目に飛び込んできたら……。真似たというより、刺激を受けた感じさ。幹部たちも、大方この意見に賛成してる」

　馬見原は、反論を控えて聞いていたが、

「ともかく家のなかを見せてくれ」と申し出た。

「そりゃ無理だ、ウマさん」

　羽生がさえぎるように手を振った。「おれの立場も考えてくれ。近隣署の刑事とはいえ、ぺらぺら話したとわかれば問題になる。こっちはあんたと違って、大した功績も上げてない。それでも勤続三十五年だぜ。いまさら妙な部署に回されたかない」

「少しでいいんだ」

「再就職のことだってある。勘弁しろよ。だいたい何が目的だ、関係ない事件だろ」

そのとき玄関のほうから、羽生を呼ぶ声がした。繰り返し呼ばれて、羽生も無視できなくなり、馬見原に絶対に動くなと注意してから、玄関へ走った。

ひとまず彼の顔を立て、待つことにした。ほどなく羽生が戻ってきて、困った顔で頭を撫で、

「管理官の視察が終わった。課長が送ってゆくらしい。いいか、少しだけだぜ」

「すまんな」

素直に礼を言った。

彼の案内で、裏口から実森家に上がった。台所では、三人の鑑識員が検証作業をしていたが、集中していて、馬見原たちには目もくれない。

遺体の発見された部屋には、いまも灯油の刺激臭が残っていた。床も少し焦げ、天井はひどく煤《すす》けている。被害者が縛られていた椅子は、鑑識に回されているらしい。

馬見原は、被害者の位置や大体の状況などを羽生から聞き、部屋のなかを見回した。

被害者夫婦は、寝込みを襲われたと推測されている。テープで縛られたあと、裸に

されたのだろう、部屋の隅にハサミと切り裂かれた寝巻が落ちていた。

灯油を注いだグラスからは、当家の少年の指紋だけが検出された。灯油缶は冬に使われた残りらしい。入手先は確認済みだという。

「事件は七月一日の深夜から二日の未明に起きたという話だったな。発見が四日。二日と三日はどうした」

馬見原は訊いた。

「二日は店の定休日で、三日は店主が休むと言ったそうだ。二日間かけて、子どもの進路について、じっくり話し合うつもりだったんだろう。ちなみに七月一日は、父親の五十歳の誕生日だった。きっかけを得る日にしたかったのかもしれんのにな」

「子どもと話すつもりだと、従業員は店主から聞いたのか」

「ああ。だが、ちゃんと話し合えるか、女性の従業員のほうは疑問だったと証言してる。ずいぶん子どもの問題では悩んでいたくせに、店主はどうにも煮えきらない性格で、ぐずぐずでここまで来てしまったらしい。このまま店を閉じるかもしれないとさえ、従業員は危惧《きぐ》してたようだ」

「子ども部屋はどこだい」

羽生が二階へ案内した。

「以前は両親の寝室も二階にあったようだが、たぶん子どもが暴れるようになったためだろう、両親は寝具だけを一階に移してる」

　彼が、両親の部屋の襖《ふすま》を開けてみせ、つづいて向かいの子ども部屋の襖を開けた。六畳の和室だった。雨戸を閉めた窓、窓の前に勉強机、その隣に本棚、小型テレビ、周囲に散らばったアイドル雑誌やゲーム・ソフト……部屋の中央には布団《ふとん》が敷かれたままになっている。

「遺書は、窓際《まどぎわ》の机の上。レポート用紙に鉛筆で書かれていた。脇《わき》に、例の雑誌があった。子どもは、布団の上で灯油を飲み干したらしい。下で使われたものとは色違いの、青いヴェネチアン・グラスが転がっていた」

「服は着たままだったか」

「裸だった。布団の近くに、下着とトレーナーの上下が見つかってる」

「……子どもの喉《のど》に、かきむしったような跡は」

「そういう報告は入ってないな」

「灯油を飲めば、いくら覚悟の自殺でも、苦しさから、喉や胸をかきむしるはずだ」

「布団は見ての通り、ひどく乱れてる。服を脱いだのも苦しさからだろう。ちなみに遺体は腐敗が始まっていた。小さなひっかき傷程度は消えちまってたろう」

馬見原は、乱れた布団の状態を確かめ、

「ほかに不審な点はないのかい」

「いま話したろ。不審だらけさ」

「そうでなく、他殺を疑わせる点だ」

羽生が面白くなさそうに笑った。

「あれば、とっくに動いてる。あんた以外の刑事は全員ぼんくらだと思うのはやめてくれ。一応言っとくが、子どもの手足に縛られた跡はなかったぜ。腐敗が始まっていても、そのくらいはわかる」

馬見原は机の上を見た。レポート用紙も雑誌も、鑑識に回されているからだろう、いまは何も置かれていない。

「遺書と見られてる書き置きの、文面を正確に教えてもらえないか」

羽生は、観念したようにため息をつき、手帳を開いた。

「全部ひらがな書きで、八行あった。『あいをかんじました、まちがいなく、あいをかんじました、ほんとうは、いいかぞくだったんだね、むこうで、なかよくしようね、ゆうじ』」

馬見原は、もう一度繰り返してもらってから、

「ハブやん、おかしいと思わないか。杉並の家に残された書き置きと、あまりにも似ている。ほとんど同じと言ってもいい」

「だから雑誌に刺激を受けたのさ。記事に一部だが、そっちの遺書の文面が出てた」

「大きな事件のあとには模倣事件はつきものだ。しかし遺書まで真似《まね》るかね？」

「いまは、そういうところまで真似ちまうんだよ。残酷な犯行のあと、意味不明の言葉を残す事件が何度かつづいたことがあったろ。みんな、最初の犯行の言葉を写したようなものだった。最初のホシの文章だって、本やゲームの引き写しだった」

「裸はどうだ。うちの事件でも、夫婦は縛られたあと、パジャマをカッターで切られ、裸にされてた。ここも寝巻を切られてる」

「だから、それも雑誌に書いてあった。両親は裸の状態で発見されたとな」

「少年もなんだ。うちも裸で死んでた。これは雑誌には載ってない。自殺するのに、不自然だろ」

「そっちの事情はわからんが、さっき言ったように、灯油を飲んだあとの苦しさと錯乱から、裸になったという見解だ。矛盾はない」

　馬見原は室内を見回した。壁の数ヵ所にへこんだ跡がある。『バカ』『アホ』『死ね、死ね』といった落書きもあった。

「ハブやん。二つの事件は、犯罪方法をうんぬんする前の、根底にある心理が似ているんじゃないか。つまりだ……殺す前にノコギリで傷つける、その行為の底にある心理と、やはり殺す前に腕や足に火をつける、その拷問《ごうもん》めいたやり方を選んだ、加害者の心理こそが似ていないか。こいつは雑誌を見て刺激を受ける受けないの問題じゃない気がするんだがな」

羽生は、話がよく理解できないのか、首を大きく横に振り、

「環境が似れば、起こす事件の形態もおのずと似るだろう。さ、もういいだろ、ウマさん、そろそろ出てってくれ」

「いや、もう少しだ」

馬見原は、なお粘って家のなかを見回し、困り果てた羽生から、近所の住民から聞き込んだであろう証言など、事件の情報をさらに引き出した。しかし、期待していたようなことは、何も出てこなかった。

*

まだ夜は明けきっていない。亜衣は、足音を立てないよう注意して、階段を下りた。

一階の寝室からは、かすかにいびきが聞こえてくる。

ほっとしながらも、怒りが湧《わ》いてくる。よくも安心して寝てられるよ……。

キッチンへ進み、冷蔵庫の扉を開け放して、手当たり次第に食べられるものを引っ張りだした。床にあぐらをかき、夕食の残りの鳥の唐揚げとポテトサラダを平らげ、ボンレスハムにかじりつき、プロセスチーズを頰ばる。喉につまると、牛乳を飲み、プリンのカップには直接指をつっ込んで、さらうように空にする。

夕食は、用意された半分も口にしなかった。食欲はそれで十分満たされた。いまも食欲があって、食べているわけではない。

自分のなかに空白がある。その空白を何かで埋めたかった。でも何で埋めればいいかわからない。たとえば……自分を忘れるほど好きなことに打ち込む？　好きなことなんて簡単には見つからない。それに、何をしても意味がないと思ってしまう。自分を忘れることも恐ろしい。いま以上に自分を忘れたり、なくしたりしたくない。てっとり早く、食べることしか思いつかなかった。

だが、すぐに罪悪感がこみ上げてくる。

世界には飢えてる人があふれてる。テレビで見た。アフガニスタンで、インドで、アンゴラとかハイチとかルワンダとかって場所で……。フィリピンでは、ゴミを拾って生活している子どもがいた。ブラジルでも、ストリート・チルドレンと呼ばれている路上生活の子どもが大勢いた。道端で眠って、あげくに死んでゆく子どもたちが沢山いる。なのに、わたしはここで、こんなことをしてる……。

自分がいやになり、流しの下の扉を開く。冷蔵庫の淡い灯のなかに、包丁が浮かんだ。

金曜日にカッターで切った傷は、いまも絆創膏《ばんそうこう》を貼《は》ったままだ。母にどうしたのと訊《き》かれ、虫に刺されたと答えたら、確かめようともしなかった。父にいたっては、絆創膏に気づきもしない。

その傷口がかゆくなる。絆創膏をはがす。かさぶたはまだできていない。傷はただの細い線のようだ。傷の周囲を爪《つめ》でかく。

死ねばすむと思ってんだろ、おまえは甘ったれのガキさ。そう、自分に毒づく。

でもきっと死んで終わりじゃない……亡《な》くなった父の従兄弟《いとこ》のように、とやかく誰かに言われるだろう。自殺するくらいなら、アジアでもアフリカでも行って、ボランティアをやればよかったんだと、道端のゴミも拾わない奴《やつ》から言われるかもしれない。世界には生きたくても生きられない人がいるのにと、生きられない人々に対して何もしたことのない連中から言われるようにも思う。

昨日、同じ高校に通っていた少年の家を訪ねた。一家三人が亡くなったという少年の家の住所は、高校の名簿ですぐにわかった。

少年がどんな暮らしをして、死んだいま、どんな風に扱われているのか、見ておきたかった。実森という名のその家は、青いシートに包まれ、警官が見張りに立っていた。年の変わらない少年の死という現実とは、シートと立入禁止のロープとで隔離されており、何も見ることも、実感することもできなかった。

がっかりもできない虚《うつ》ろな感覚を抱えて帰ろうとしたとき、美術教師の巣藤浚介が、ロープのすぐそばに立って、実森家を眺めているのに気づいた。なぜ彼がいるのか理解できなかったが、あれこれ質問されるのもいやで、見つからないよう姿を隠した。浚介はそのままどこかへ去り、亜衣は彼を尾《つ》ける気にもなれず、ただ無力に見送った。実森家を訪ねて、何かを得るどころか、疲れだけが残った。

いまも、まだその疲れがある。内側の虚《むな》しい空白が、彼女の力を吸い取ってゆく。

貧しい国にボランティアへ行けばすむの？　だったら行ってやるよと、カラ元気を出そうとしても、パスポートやビザはどうする、金はいくら必要か、言葉の問題、行ってどこを訪ね、何をすれば、迷惑をかけずに、有り難がられるのか……考えてゆくだけで、気が滅入《めい》る。

もっと違うことがあるんじゃないか。紛争や飢餓が起きている国へ行かなくても、この手で地雷の撤去をしなくても、死んでゆく子の手を握らなくても、別の何かが……。そう思ってゆくと、また違った白け方をする。結局は大変な想《おも》いをしたくないから、何もしないことの言い訳を、せっせと考えてるだけだろうと、自分がいやになる。

手首の傷のむずがゆさがつのり、腹立ちまぎれに、傷口に爪を立てた。

ひきつるような痛みを感じた。血があふれる感覚がある。自分という存在の実感を、赤い色で確認したくなった。期待を抱いて、視線を下ろす。傷の底からしみ出た液体は、黒かった。

亜衣は悲鳴を発した。

別の人間の声が聞こえてこなかったら、傷口をもっと爪で引き裂いたかもしれない。

「亜衣、亜衣っ、どうしたのよっ」

キッチンの明かりがついた。寝巻姿の母が、キッチンの入口に立っている。

「……なんなの、これ」

母の希久子は、床の上に散らかった食べかすや、空になった容器を見回していた。

「やっぱりあなただったの……。冷蔵庫のものが早くなくなるのに、パパも、あなたも、知らないって言うから、勘違いかと思ってたけど」

　亜衣は、彼女を突き飛ばすようにして、トイレへ走った。からだのなかにつめ込んだものが、急に毒に変わった気がする。トイレに入って鍵《かぎ》を掛け、水を流す。不快な感じは喉もとにとどまり、それ以上出てこない。

「亜衣、亜衣ったら……」

　母がドアをノックする。切迫した声と、扉のふるえに、亜衣はおびえた。リラックスして嘔吐《おうと》できない。喉の奥へ、指を突っ込む。意思に反して、舌が彼女の指を止める。母が、自分の神経まで縛る気がした。

「行ってよ、あっちへ行ってよっ」

　扉の向こうへ叫んだ。

「何してるのっ、大丈夫なの」

「行ってってば……」

「あなた、まさか吐いてるの」

　大きく口を開いて、胃の上を手で押してみる。ほんの少し粘っこい唾《つば》が出ただけで、苦痛が増すばかりだ。

「出てきなさい、亜衣っ」

ドアが激しく叩《たた》かれた。

亜衣は、ついに立ち上がり、鍵を外してドアを開けた。母のからだをドアで押す形になる。すり抜けるようにして廊下を走り、階段をのぼって、部屋へ逃げ込んだ。鍵がついていないのが、いまさらながら腹立たしい。椅子《いす》をドアに立て掛けようとしたが、母の足音が迫って、間に合わない。ベッドに入り、頭から布団をかぶった。

「入らないでっ」

布団越しに叫ぶ。

母の荒い息が、間近に聞こえた。

「……あなた、食べたもの、吐いてるの」

かすれた声が布団のなかへ侵入してくる。その声を必死に押し返すつもりで、

「関係ないでしょっ」と言い返す。

「こんな時間に、あなた、なんなの、どうしちゃったのよ……」

亜衣は両手で耳をふさいだ。

「隠れてないで、出てらっしゃい。どういうことか説明しなさい」

布団がはがされそうになる。内側から布団を握りしめた。

「ダイエットのつもり？　無理に吐くなんて、からだに悪いのよ、わかってんの。冷

蔵庫の前を見てきなさい。ひどいことになってるじゃない」

「あとで片づければいいでしょ」

なんとか言い返し、亜衣はさらにからだを丸めた。しばらく沈黙が流れた。だが母がまだそばにいるのは気配で感じる。

「亜衣……最近のあなた、本当に変よ」

母が優しげな声を出した。「かりかりして、素直じゃないし、こんなことまでして……。以前のあなたはどこへ行ったの？　何があったか、ママに話してちょうだい。おばあちゃんにママがいじめられたとき、亜衣は一生ママの味方だって言ってくれたじゃない。絶対ママには嘘《うそ》をつかないって、約束してくれたでしょ？　亜衣、亜衣ちゃん」

かきくどくような声音《こわね》に、亜衣は恐れを感じた。これは罠《わな》だ。この罠にいつもはまって、自分を崩してきたんだと、唇を噛《か》む。

「何か言いなさいっ」

母の声が険しくなった。

ほら、やっぱり罠だった。亜衣は目を閉じる。

「いじめられたの？　悪い友達とつきあってるんじゃない。それとも、先生に何か言われたの。あの美術の、巣藤先生？　あなたがおかしくなったのは、あの夜からよ。それまでは本当に何でもなかったのに」

何でもなかった……。その言葉を自分に突きつける。わたしは、何でもなかった。何でもなかったわたし。

「あの夜のことだって、ママひとりで苦しんだのよ。警察まで行って、どんな想いをしたかわかってる？　亜衣、いい加減にしなさい。いつまでも甘ったれてないのっ」

亜衣は、耳を押さえたまま、口のなかで、やめて、やめて、と唱えつづけた。

問いつめないで。黙って、横に座ってればいいでしょ。何かしたいなら……背中を撫《な》でてよ。背中が寒いよ。言葉なんてうるさいだけだ。ふれてくれればいいじゃない。偉そうに立ったまま、ギャーギャー問いつめないでよ、ばかやろう……。

「あんな風に食べ散らかして。食べたくても食べられない人が大勢いるのよ。おばあちゃんが生きてたら、どんなにひどいことを言われたか……」

亜衣は布団をはね上げた。起き上がって、母の脇《わき》を抜け、階段を駆け下りる。階段の下に、父の孝郎がねぼけた顔で立っていた。

「何を騒いでんだ」

と、あくびをしながら彼が訊く。

亜衣は、キッチンへ入り、冷蔵庫の前に立った。まだ扉が開いたままだった。手首の傷に視線をやる。乾いた血は赤黒かったが、いま傷口にうっすら浮いている血は赤かった。さっきは冷蔵庫の灯だけで、黒く見えたらしい。

床の上に散らかった食べかすや、空のカップなどを、ごみ箱に捨て、残ったものは冷蔵庫にしまい、扉を閉めた。

「亜衣……」

母がキッチンの入口に立ちつくしていた。

その背後で、父が頭をかきながら、

「どうした、こんな時間に何をやってんだ」

声に苛立《いらだ》ちが混じっている。

亜衣は、料理の盛られていた皿や鉢を流しでさっと洗い、

「これでいいでしょ。何もない」

父への答えと、母への抗議として言い、二人のあいだを通って、部屋へ戻った。

ドアの内側に椅子を立て掛ける。机の上に飾った小菊の花が目に入った。いらいらして、つい手で払った。花瓶がカーペットの上に落ちる。花瓶は割れなかったが、水がこぼれ、花も無残に転がった。

ドア越しに両親が言い争う声が聞こえてきた。足音が、亜衣の部屋の前で止まった。ノックをされる。亜衣を呼ぶ父の声、黙っている母の気配。父のため息、母のとりなすような声。しばらくそれが繰り返され、やがて両親はあきらめたように部屋の前を離れ、階段を下りていった。

亜衣は、カーペットの上に腰を落とし、菊の花の脇にからだを横たえた。

【七月七日（月）】

体育館に全校生徒が集められた。壇上の前に、生活指導主任の教師が出て、生徒たちへ静かにするよう声を張ってうながした。

同校の生徒であった実森勇治の死は、ニュースやそれぞれの電話連絡などにより、ほとんどの生徒が知っている様子だった。生活指導主任が、あらためて彼と彼の両親の死を告げ、テレビ局のカメラが一台、代表取材として入るが、「亡《な》くなった校友のためにも、厳粛な態度をとること」と生徒たちに求めた。

テレビ局のスタッフは、体育館の後方に位置して、生徒の顔は撮らない条件のもと、カメラを回しはじめた。教頭が壇上にのぼり、

「皆さんの学友であった実森勇治君は、最近こそ個人的な事情で登校していませんでしたが、かつては校内の諸活動を共におこなった人もいると思います」

と、生活指導主任の説明を、公式にたどるような話をした。

最後に、校長が壇に上がり、生徒たちへ命の尊さを訴えた。話の途中からは涙声に

までなって、

「命はひとつなんです。ですから、自分の命はもちろん、ほかの人の命も、きっと大切にしなければいけません」と語った。

その間、教師たちは、体育館の壁沿いに並び、生徒たちがあくびや無駄話をしないよう、注意していた。

浚介も同じ場所から、生徒たちの様子を見ていたが、三年生のクラスで、女子生徒の一部が泣いているのに気づいた。たぶん実森勇治と一時期同じクラスにいた生徒だろう。親しかった者がいるのかもしれない。

集会が進むにつれ、少しずつ泣きだす女生徒が増え、ついには、死者を直接は知らないはずの一年生のなかにまで、涙を流す者が見られた。

同世代の死を、本気で悲しむ者がいることを、浚介も否定はしない。だが、生徒たちの反応はやや過剰に思われた。閉じられた集団内で、悲しみの感情だけが振幅し合ったせいだろうか。一方では、若者たちのこうした態度こそ視聴者には望まれるのかもしれない。テレビ局のカメラマンは、生徒たちの涙に何度もレンズを向けていた。

「黙禱《もくとう》っ」

生活指導主任の太い声が、館内に響いた。生徒全員と、多くの教職員が目を閉じた。

数人の教師は生徒を見張りつづける。浚介も目を開いていたが、生徒を見張る目的ではなく、こうした形式に抵抗をおぼえたためだ。

命の尊さを訴える校長らの言葉に、嘘《うそ》はないだろう。だが、それが形になると、生徒の整列になり、静粛にという注意になり、壇上からの「おはなし」になる。死の現実を受け止めることから、かえって生徒たちを遠ざけているようにしか思えない。

たとえば、浚介が目《ま》の当たりにした麻生家の人々の死体は、無残なものだった。安らかなベッドの上の死もあるだろうが、見ただけで嘔吐《おうと》するような死もある。明るく笑っていた人間が、死によって、笑顔も誠実な働きも消え、腐敗する肉のかたまりと化してしまう。そうした死の姿も頭に入れ、存在していた者が虚《むな》しくなるということを、個々が深く考えてみないかぎり、死は、テレビカメラに写された女生徒の涙という象徴的な映像にとどまったまま、人の心に何も刻まない気がする。

浚介は、きっと校舎の外で祈っているであろう、保全課員のパクさんのことを想《おも》った。来年のこの日、もう誰も実森勇治の死を思い出さないだろう。ただひとり、パクさんだけが、そっと祈りを上げるのに違いない。

黙禱が終わり、教頭がテレビ局のスタッフに、事前の約束通り、取材を終えてほしい旨《むね》を告げた。取材スタッフも素直にカメラをしまい、体育館から去ってゆく。生徒たちの緊張がゆるみ、彼らも指示通りに教室へ戻りはじめた。渡り廊下の途中からは、笑ったり、頭を小突き合ったりする生徒の姿も見られた。

昨夜、或《あ》るテレビのニュースショーで、家庭内暴力の特集が組まれ、実森家のことも取り上げられた。学校への取材要請が増え、今朝の登校時には、通学路に数組のメディアの姿もあった。早出した教師が、生徒たちを守る形でカメラのあいだに入り、取材をさえぎった。下校時には、浚介も当番として通学路に立つことになっている。

だが、生徒から取材陣を遠ざけ、実際に何を守ろうというのだろう。メディア側もどんな有益性を考えて、生徒たちへカメラやマイクを向けるのか。

浚介は、胃が重くもたれるのを感じながら、二年生の粘土彫刻を指導し、次の時間は、三年生に美術番組のビデオを見せた。

受験を控えた生徒たちは、ベラスケスやミロなど、スペインの芸術家たちを特集したビデオには目を向けることもなく、単語や公式の暗記に懸命の様子だった。

校友の死を告げられた直後も、そうして受験勉強をつづける彼らの背中を眺め、浚介はさらに気持ちが沈んだ。

彼が高校生だった十五年ほど前も、同級生が何人か不登校になり、退学した。中学時代に同じクラスだった女子が、自殺したという話も聞いた。学校の時間割だけでなく、趣味や部活や恋愛の悩みもあって、ひとつひとつの〈死〉や〈不在〉について深く考える余裕はなかった。校友の〈死〉や〈不在〉は、「だって、どうにもできないし」と、記憶の隅に残す程度で、それさえいつか忘れてきた。

　生徒たちの丸まった背中を見ているのが、やりきれなくなり、浚介は目を上げた。モニターに、ゴヤの描いた『わが子を食らうサトゥルヌス』の絵が、大きく映し出されていた。

　化け物のように髪を振り乱した父親が、わが子の首を食い終え、いまは左腕を口のなかに入れている場面を描いた、恐ろしい絵だ。神話が題材となっており、将来わが子に殺されるという予言を知った男が、次々にわが子を食い殺してゆく話らしい。浚介は、高校一年のときに初めてこの絵を見て、強い衝撃を受けた。

　当時は、校内暴力が警察の介入などによって下火になり、代わって、家庭内暴力が社会問題化しつつあった頃だ。その反動だろう、テレビドラマや映画では、家族愛をことさら強調した表現が目立ちはじめていた。家族に反発した少年や少女が、家出や売春や暴力に走ったのち、親の強い愛情を知って、家族のもとへ戻るという筋立てだ。浚介は、祖父母の家で、幾つかそうしたテーマのドラマや映画を見た。祖父母は感動していたようだが、彼は苛立《いらだ》ちばかりを感じていた。家族がいやで飛び出した少年や少女が、何も変わっていないのに、たかだか愛しているの一言で、和解し、元へ戻る姿に、腹さえ立った。

そんなとき、ゴヤの絵を見た。暗く、残酷な絵なのに、妙に気持ちが落ち着いた。世間に向け、「ほら、これを見ろ」と言いたい想いだった。

この絵を見ろ、昔からこういうことはあったんだ。神話の頃から、自分の都合を優先させる親はいた。ギリシア悲劇にも、母親が自分の感情だけでわが子を殺す、有名な作品があると聞いた。日本だって、食うために子どもを間引いたり、売ったりした時代があったはずだ。いい家族だってあるだろう。素晴らしい親もいるだろう。でも、そうじゃない家族だってある、ひどい親だっている……どうして真実を語らない。

わが子のことで悩んでいる祖父母に対し、浚介の口から、こうした感想をぶつけることはできなかった。それでも、ゴヤの絵が支えとなり、当時主流だったテレビや映画の表現に、心を呑《の》み込まれずにすんだ。自分だけがおかしいわけじゃない、世界には同じ想いを抱いている人もいるのだと、安心することができた。

浚介は、自分でも思いがけずリモコンを操作し、モニターのスイッチを切っていた。

「おい、みんな、手を止めろ」

前方の教壇へ戻りながら、生徒たちに声をかける。半数ほどが顔を上げた。

「全員、いいから、顔を起こせ。隣の奴《やつ》も注意して」

暗記に熱中している生徒の肩を、隣の者が叩《たた》くなどして、ようやく全員が顔を上げた。生徒たちに一斉に見つめられ、浚介は急に自信を失った。ひどく間抜けたことをしていると感じる。だが、ここでやめる気にもなれず、教壇に手を置き、

「この三、四十分に、一つや二つの単語や公式を覚えたからといって、来年一月の受験に影響はないだろう。いや、あるんだと、そういう声があるのも承知で、いいから少し勉強をやめろ。この授業が終われば、次はまた受験科目の授業だろ？」

浚介は、自分の背後に掲げられた時計を振り返った。生徒たちに顔を戻し、

「終業のチャイムまで、あと三十七分。きみらの大事な、二度とは取り返せない時間だ。本来誰にも奪えないはずのものだ。なのに、きみたちは奪われてきたのかもしれない。ぼくは……おれは、間違いなく奪われてきた。その自覚はある。いまになってのことだし、奪い返す力は、いまはもちろん、きみたちの年代の頃はとくになかった。あの頃は、ただ早く時間が過ぎてくれるのを待って、身を縮めていただけだ。時間の大半は、学校や、他人の都合、大きくは社会というもののスケジュールに縛られてた。ほんの束《つか》の間《ま》、長く水に潜《もぐ》ったあとの息継ぎのように感じる時間が、見つかることもあった。それは、たったひとりの、誰とも共有しない時間だ。中学から酒も飲んだし、

煙草《たばこ》も吸った。女の子とデートもした。そういう誰かと過ごす時間も楽しかった。だがそれは、誰かの時間と自分の時間をすり合わせて生み出したものだ。うまく伝えられないな……たとえばだ、友だちと煙草を吸いながらボウリングをしてるときには、楽しむことだけが求められ、自殺した同級生の話をして、死に対する想いを語ることは許されないってことだ。あるいは、女の子と喫茶店に入ってるときに、学校へ来なくなった友人を深く思いやるなんてことは、まずしない……そういうことだ」

浚介は、自分でも先のわからない、ばかげた話を始めたと思った。しかし生徒たちが意外にも黙っているため、いまさら中途半端に終わらせることもできなくなった。

「誰とも都合を合わせない時間に、おれは、本や雑誌で見た、実際には目にしたことのない絵を、頭のなかで思い描くことをした。そうした絵には、愛をテーマにしたものがあり、戦争や、平和への願いをテーマにしたもの、現実の暮らしのささやかな喜びや苦しみを描いたもの、風景の美しさを淡々と写し取ったもの、人々の容貌《ようぼう》から人生の断片を写し取ったものがあった。もっとも好奇心をかきたてられたテーマが、性だった。エロチックなもの、セックスの匂《にお》いのするものにひかれた。異性との性だけでなく、同性愛にも魅力を感じた。死というテーマにもひかれた。死の匂いのする絵がとても好きでね、ここに真実はあるなんて、ひとりで息巻いていた。多くの芸術家が、性や死について表現していたから、性とは何か、死とは何かという考えにのめりこんだ。いま思えば、美術を媒体にして、初めて性や死のことをちゃんと考えられたんだと思う。短い時間だったから、いくら悩んでも、答えの出ないまま日常に戻る繰り返しだった。でも、そうした時間は、自分にとってかけがえのないものだった」

息をついて生徒たちを見回した。誰もが顔を上げたままでいる。本当に言葉が届いているかどうかはわからない。黙っていると気恥ずかしさを感じ、また口を開いた。

「しかし二十代になって、そのわずかな時間も失った。美大だから、余裕があったと思うかもしれない。実際には、早く売れたいとか、画壇に出るにはどんな方法があるかとか、いや、自分の本当の絵を見つけるのが先だなんて、様々な葛藤《かっとう》を抱えてね、物事を深く考えることが減っていた。考えたとしても、外へ発表するためだった。友人を言い負かすため、教授や講師に議論をふっかけるため、女の子にいいところを見せるため……。就職後は、正直に明かすが、教職に適応するので精一杯だった。きみたちには、つまらない教師の一人に見えてるだろうが、懸命にやって、これなんだ。きみたちのなかには、大学に入ってから遊ぼうと考えてる者もいるだろう。遊びたければ大学へ入ってにしろ、入れば好きなことができる……そう忠告する大人が近くにいるかもしれない。だが、きみたちの周りで起きている様々なことに対し、まさにいま心を動かさずにいて、たとえば一年後大学に進んだとき、それは取り返せるものなのか？　近頃は大学三年でもう就職活動をしないと、就職は困難だと言われてる。早いところでは、二年の後半だという。四年になったら、就職先に適応する準備が要るらしい。国家公務員や医師や司法などの世界へ進む者は、さらに多くの勉強がいるだろう……。むろん、時間の余裕があまりないなかでも、他人の苦しみや痛みに気持ちを寄り添わせることのできる人はいる。心を豊かに成長させるものは、いろんな要因がからんでいるはずだからね。だから、いまきみたちが単語や公式を熱心に覚えていることを、間違っていると言うつもりもない。見かけと、心のなかは、違って当たり前だからだ。それでも、あと三十分足らずか……これを、きみたちの時間と思ってみないか？」

浚介は、教室の前方の扉を開け放した。後ろへ進み、後方の扉も開け放す。

「何をしてもいい。きみたちの時間だからだ。ただし、集団の時間じゃなく、個々の時間だ。誰かと話したり、遊んだり、ふれ合うことは避けて、ひとりの時間を持ってほしい。その場にいる必要はない。教室を出てもいい。自分の思うがままに過ごせばいいんだ。じゃあ、いまからだ」

唐突だとは思いながら、後方の扉から教室を出た。渡り廊下の途中から横にそれ、塀沿いに植えられたジャスミンの木々の前で足を止める。パクさんがいつも水をやり、剪定《せんてい》をして、育てているものだ。開花の時期らしく、白い小さな花がところどころに咲いている。顔を近づけると、気持ちのゆるむような香りがした。

誰も教室からは出てこなかった。声も聞こえない。全員あのまま勉強をつづけたのだろうか。終業のチャイムが鳴ったところで、淡介は教室へ戻った。生徒はみな元の席にいた。授業の終わりを告げる。生徒たちは早々に教室を出ていった。

しょせんは彼の自己満足的な行為で、生徒たちは戸惑っただけなのだろうか……。

おのれを憐《あわ》れむ間もなく、次の生徒が教室に入ってきた。一年生の授業で、校内の風景をスケッチすることになっている。名簿を開いて、芳沢亜衣のクラスだと気がついた。だが彼女の姿はない。クラス委員に訊《たず》ねると、朝から休んでいるという。

「じゃあ、それぞれ教室を出て、スケッチを始めろ。ただし校外へは出ないこと。終業五分前には教室に集合。じゃあ、行って」

一年生たちが、スケッチの道具を持ち、外へ出てゆく。それぞれ小さな集団を作り、集まる場所も大体決まっている。校舎裏の竹が数本植えられているところか、花壇の多い中庭付近。グランドの西側は、運動部の試合を観戦できるよう土手が高く設けられており、そこにも多くが集まった。

浚介は、おおむねその三ヵ所を回った。生徒たちのほとんどがおしゃべりに夢中で、浚介が近づくときにだけ、画用紙に目を落とす。前の時間の三年生に対する言動と合わせ、こんなことが何になるのかと、いや気がさす。土手を回っているとき、マスコミがまだ残っているかどうか、塀の向こうへ視線を移した。

校門前に取材陣は三人しか残っていなかった。多くはいったん引き揚げ、下校時に戻ってくるのかもしれない。その三人も仲間らしく、集まって話しているが、遠目にもうんざりした表情がうかがえる。すると、なかの一人が急に一方を指さした。

通学路の先に、いまごろになって登校してくる生徒の姿がある。前かがみで、考え事でもしているのか、足取りが重い。浚介はその生徒に見覚えのある気がした。さっきまでやる気を失っていた取材スタッフが、カメラを担《かつ》いで、生徒のほうへ走りだす。浚介も慌《あわ》てて校門のほうへ走った。校門から外へ出たとき、すでに女生徒の前にはカメラマンとリポーターと照明係の三人が立っていた。カメラとマイクを向けられている生徒は、やはり芳沢亜衣だった。

亜衣は、眉根《まゆね》を寄せ、女性リポーターと、カメラを交互に見ている。話を理解する以前に、単純に戸惑っているようだ。

「待ってください」

浚介は取材スタッフへ声をかけた。

彼らが一斉に振り返る。亜衣も瞬間的にこちらを見た。リポーターは焦《あせ》りながらも、少しでもコメントを得ようとしてか、ふたたび亜衣にマイクを向けて、

「その生徒さんが何を悩んでいたか、聞いたことないかしら。学校に来なくなった理由は思い当たらない？」

「すみません、やめてください」

浚介は、亜衣とリポーターとのあいだに、からだを入れた。

「ちょっとだけですから」

リポーターは、なおもマイクを亜衣に向け、「今日は遅刻よね、寝坊しちゃった？それとも何かほかに理由があるのかな」

「生徒にもプライバシーがあるので」

浚介は、亜衣の腕を取り、カメラから守るようにして学校へ進んだ。だが彼女の足の動きは鈍い。リポーターは、亜衣の前へ回ってマイクを向け、

「あなた自身、学校や家族に対して不満はないのかしら。いまの学校や家庭に、満足してる？」

「すみません」

浚介はカメラのレンズを手で隠した。リポーターが、彼の手を押さえて、

「生徒さんの顔は隠します。声も加工します。いま現在、学校に通ってる生徒さんが、何を考えているのか、ナマの声を多くの人々が知りたいと思っているはずです」

「登校を急ぐ生徒ですから」

亜衣が不意に足を止めた。浚介が引こうとしても動かず、逆に彼の手を払い、

「行ったよ」

浚介は彼女を見た。

「てめえも行ってたろ」

亜衣が、浚介を睨《にら》みつけ、「あの家……青いシートにおおわれてた家だよ」

瞬間的に実森家のことだと理解した。この子もいたのか……でも、どうして。

「何を見てたんだよ。どう思ったんだよ。あの青い家を、どう思って見てたんだよ」

亜衣の真剣な目に、浚介は困惑した。彼女が何を求めているのか、彼女にとって実森勇治の死がどういう意味を持っているのか計りかね、

「とにかく、まず校内へ入ろう」

彼女の腕を取った。ごまかしと思ったのかもしれない。

「何も感じなかったのかよっ」

亜衣が、顔をゆがませて、彼の腕を振り払った。

「芳沢、話はあとですればいいから、先に学校へ入るぞ」

なんとか連れてゆこうとするが、亜衣は彼に腕を取らせず、

「最悪だよ」

と、声をふるわせた。自分の内面へ沈み込むかのように足もとへ目を凝らし、

「死んだって、楽になんかなんない。ひどい目にあうだけだ。隠されて、ごまかされて、勝手なこと言われて、カメラやマイクを向けられて……」

リポーターは、カメラマンたちと顔を見合せ、亜衣をのぞきこむようにして、

「いま、なんて言ったの」

と、明るい声で訊ねた。

亜衣が、顔を上げ、怒りをたたえた表情でリポーターを見つめた。

「クソみたいな家族は、死んで当然だって言ったんだよっ」

浚介は、びっくりして、止める間もなかった。

「ばかばっかりだよ。おまえらも、みんなクソだ。人間はみんな腐ってる。いらねえよ、学校も家も」

「カメラを止めて。離れてください」

浚介は、カメラに手をかざし、興奮している亜衣の肩を抱いた。

「早くなかへ入れ」と、彼女をせかす。

リポーターは、その浚介にマイクを向け、

「いま、生徒さんがおっしゃったことをどう解釈すればいいんです。ご説明願えますか。今回のことは、学校側にも問題があるということですか」と問いかけてくる。

浚介は、亜衣の背中を先へ押しやり、カメラの前に立った。亜衣の興奮した言葉を受け、彼も少し感情が高ぶっていたのかもしれない。

「たぶん……わたしのせいです」と答えた。

「え。それは、どういうことでしょうか」

「わたしが、教師として、人間としてなっていないから、あの子を追いつめ、腹いせにでまかせを言っただけです。今回のことに関しては、問題は別にあると思います」

「別とは、どういうことでしょう。学校側の対応に何か問題があったんですか」

「……学校側にも、もちろん問題はあったと思います」

とたんにリポーターが色めき立ち、

「学校側が、実森家に対して、何かしたということですか」

「学校側にも責任はあると思います。すべてとは言えないにしても、学校にも教職員にも、相応の責任はあるはずです。教育者という以前の、人間としての、責務のようなものかもしれません。身近にいたなら、やはり何かできたはずだと思います。だから、多くの人に……実際に彼を知らなかった人にも、なにがしかの影響を与えた責任があったのかもしれない。とにかく、いまのままでいいとは思えないというか……」

「あの、もっと具体的にお願いします」

「……いま、手が届かないところで、しかし確実に大勢の人が死に瀕《ひん》しているとき、自分たちはそれぞれ何をすべきかということと、結びついている問題かもしれません」

「あの、先生、なんのお話でしょう」

「夜は零下五十度になるなかで、毛布一枚で、食べるものもなく過ごしている、そんな子たちに比べたら、甘いことを言うなと、きっと怒られるでしょう。だけどいまここで苦しんでいる者の不幸と、遠い地域の悲劇とは、本当にかけ離れたことなのか……人間という生きものにおいて、社会のあり方において、根っこで通じている問題は皆無なのか。自分たちはそういうことに対し、これまでほとんど何も考えては……」

「嘘《うそ》つきっ」

背後で、叫ぶ声が聞こえた。浚介は振り返った。亜衣がこちらを見ている。とがった目で彼を睨みつけ、

「でたらめばっかりだ。わかったようなこと言いやがって。偽善者っ」

と、なじるように言い、校門内へ逃げるように入っていった。

浚介はなす術《すべ》もなく見送った。違う場所でざわめきが聞こえた。スケッチをしていた一年生が、学校の塀の上から顔を出し、こちらを見ている。隣からは、リポーターが何やら話しかけていた。言葉の意味は把握できなかったが、

「お顔を出してもよろしいですか」

と、粘つくような声で繰り返している。

「生徒さんの顔は加工いたしますが、先生のお顔はよろしいですか。学校にも教師にも、相応の責任があるというくだりですけれど、教育改革のきっかけになる誠実な反省であり、ご立派な発言と思いました。よろしければ、名前もお聞かせください」

浚介は、自分が何をしゃべったのかも意識に残らず、適当に返事をして、校内へ戻った。亜衣の姿はどこにも見えなかった。

放課後、彼は校長室に呼ばれた。校長のほかに、教頭、教務主任、生活指導主任の教師も同席していた。

「きみは我々の大事な取り決めを破ったな」

生活指導主任から言われた。

「なんのことですか」と訊き返す。

「テレビの取材を、勝手に受けただろ。しかもだ、今回のことには学校側にも責任があると話したと言うが、本当なのか？」

情報の早さに、浚介は驚いた。

「誰が、そんな……」

「きみが会ったテレビの連中だよ。そうした発言をした教師がいると言って、取材を申し込んできた。うちの教師がそんなことを言うはずはないと突っぱねたが……相手は、最初は渋りながらも、とうとうきみの名前を挙げ、確かにそうした発言があったと話した。本当に、そんなことを言ったのか」

浚介は答えに窮した。先輩教員たちの顔に、いっそう苛立《いらだ》ちがあらわになってくる。

「どうしてそんなことを話した」

うまく答えられそうになく、顔を伏せているほかなかった。いますぐ相手に電話して、発言内容を取り消す旨《むね》の申し入れをするよう求められた。断れる雰囲気でないのはもちろん、彼自身、拒否できるだけの信念もなかった。

校長のデスクに置かれた名刺の連絡先へ電話を掛けた。だが、ディレクターという肩書の相手へ携帯電話はつながらず、会社へ掛けると、当人は仕事中のため折り返し連絡をすると言われた。

「どうするんだね。きみが話した内容のものが放送されたら、どうなる」教頭がヒステリックな口調で言った。「きみの発言は、学校や教職員全体に影響するんだよ」

「もうひとつ問題がある。きみは授業を放棄したそうだが、本当かね」

校長が訊ねた。

浚介が答える前に、教務主任が三年生のクラスを挙げ、

「巣藤先生が急に変な話を始めて、三十分近く、教室を出ていったと、数人の生徒から報告が来てますよ。確認したところ、確かにあなたは授業を中止し、教室を出ていったということです。そのおり、あなたは同性愛に興味があるという話までしたということですけれど……本当ですか」

浚介は、失望に似た脱力感をおぼえ、弁明の意欲さえ失った。だが、四人に険しい目で見られ、保身のためというより、これ以上ここにいることがやりきれなくなり、

「申し訳ありませんでした。自習のさせ方に少々問題があったと思います。同性愛は、

或《あ》る絵画を説明をする上での表現で、生徒たちには説明不足でした」

と、誰にというのでもなく頭を下げた。校長たちに納得した様子はなかった。

浚介は、テレビのスタッフへ連絡をとりつづけることを求められ、同時に、正式な処分が出るまでしばらく自宅で謹慎しているように言い渡された。

【七月八日（火）】


馬見原はずっと心に引っ掛かるものを感じていた。

練馬署の羽生から、実森家に関する情報を、なかば強引に聞き取ったときからだ。

ペット殺しの事件は、すべての現場を確認し、聞き込みにも回って、昨日のうちに報告を上げた。今日は朝から書類仕事にかかり、雑務に追われている。

そのあいだも練馬の事件のことが頭を離れない。暇を見つけては、実森家に関するメモを見直し、担当した麻生家のノートまで出して、共通点がないかどうか、整理をつけていった。手掛かりを得られないまま昼食の時間になり、トイレに入った。

椎村が先にいた。車上荒らしに関する調書が、まだ彼から上がっていないため、「何をぼやぼやしてんだ」と声をかけた。

椎村は、聞こえなかったのか、気の抜けた顔で、目の前の壁を見つめたまま、

「考えたら、出身校がずっと同じなんだよな……」

と、独り言のようにつぶやく。なんの話かと思っていると、

「父親と、小、中、高と同じなんて……やっぱ変かなぁ……」と言う。

午前中、高校野球の話が刑事課で盛り上がっていた。その際、椎村の父親がかつて野球部で、彼は比べられるのがいやで、テニスを選んだというようなことを話していた。椎村なりに、母校に関する思い出が刺激されたのか。あるいは病気だという父親の状態がよくないのか。

「親父《おやじ》さん、どうなんだ」

馬見原は少し声を大きくして訊《たず》ねた。

椎村が、我に返った顔で、

「あ、どうも……。まあ、よくもなく、悪くもなくといったところです。ご心配いただいて、ありがとうございます。じゃあ失礼します」

と、力のない笑《え》みを浮かべ、そそくさとトイレを出ていった。

彼の父親を一度見舞ってみることも考えながら、手を洗い、

「学校が同じか……」

死んだ息子はどうだったかと思い出す。馬見原の出た小学校は、息子が入学する前に廃校になり、中学校は別の地域の中学校と統合した。高校は……息子は一度も通うことはなかった。結局、子どもとの接点は、学校という場所においてすらなかったの

か……。

そのとき、馬見原のなかで、ひらめくものがあった。デスクへ戻って、二つの事件のメモとノートを照らし合わせる。

麻生家の事件では、第一発見者の職業に腹を立てた。ふだんなら聞き飛ばした事柄だったろうが、隣家で家庭内暴力があったのに、何もしなかった男が、実は教師だったと聞いて驚き、手帳の隅に、勤め先の学校名までメモしていた。

馬見原は、練馬署の羽生に連絡し、実森勇治の通っていた高校の名前について、念押しをした。麻生家事件の第一発見者、巣藤浚介の勤めている高校に間違いなかった。

メモに残されていた巣藤の連絡先に電話を入れる。引っ越したのか、その番号ではつながらない。高校に電話をすると、確かに彼はそこで教鞭《きょうべん》をとっていた。ただし現在は自宅待機中だという。新しい住所も、電話では教えられないと言われた。

調書の裏を取りにゆくと上司に告げ、巣藤の勤める高校へ向かった。事務室に通され、教頭と事務室長の応対を受けた。巣藤の新しい住所はわかったが、彼が自宅待機となっている理由は教えてもらえなかった。教頭はむしろ、巣藤が何かしでかしたのではないかと、それればかり気にかけていた。

馬見原は、適当にごまかして辞去したのち、校内をひとまわり見て回った。麻生家や実森家もそうだったが、場所自体に犯行を匂《にお》わせるものは感じられない。

三時過ぎ、巣藤の引っ越し先の最寄り駅に着いた。電話など掛けず、いきなり訪ねるつもりでいたから、駅前の交番で行き方を訊《き》いた。歩いては難しいという。バスも時間がかかるため、馬見原はタクシーに乗った。帰りも電話で呼ぶことにして、運転手と少し話した。巣藤の引っ越し先付近は、寂しくて不便で、多くの住民が都心か駅近くのマンションなどへ移っているらしい。以前は農家が点在していたが、子どもの代で廃農する家が少なくなく、好景気の頃は宅地開発の話もあったが、いまでは立ち消えてしまったという。

家の手前でタクシーを降り、周囲の木々を眺めながら、土の道を歩いた。梅雨明けの強い日差しのなかに、古い日本家屋があらわれた。軒下に蜘蛛《くも》の巣があり、干からびた蜂《はち》の巣も見られる。本当に人が住んでいるのか疑いつつ、玄関回りを確認した。段ボール箱や新しいゴミの類《たぐい》が玄関脇《わき》に積まれており、そこに人の気配を感じた。

玄関の反対側から、人の声らしきものが聞こえてくる。行ってみると、雑草の伸びた空き地が広がり、手つかずの古い畑へつづいていた。さらに奥が林になっている。数種類の鳥の鳴く声に混じり、早くも蟬《せみ》の声が聞こえていた。

畑の手前あたりで、若い男が鎌《かま》で草を刈っていた。ジーンズにTシャツといった軽装で、帽子もかぶっていない。馬見原のところから横顔がうかがえたが、一心不乱の印象で、ちくしょう、くそったれなどと、汚い言葉を吐きながら鎌をふるっている。あまりに雑に鎌を扱っているため、

「そんな刈り方だと、指を落としてしまうよ」

馬見原は声をかけた。

男が振り返った。彼の頭上にたかっていた小さな虫の群れが、ざっと散り、また彼の頭上に集まってくる。

確かに見覚えがある顔だった。あのときの彼は事件を目撃した直後で、青ざめ、生気もなかったが、いまは頬が紅潮している。

「巣藤浚介さんですね」

一応確認した。

巣藤は、警戒しながら立ち上がり、

「どなたですか……」

馬見原は、彼に近づき、夏用の背広から手帳を出した。

「杉並署の馬見原と言います。一度、お会いしてるんですが、覚えてらっしゃるかな」

巣藤は、当惑した様子だったが、馬見原が正面に立ったところで、ようやく思い出したのか、小さくうなずいた。

「あのとき、最初に来られた……」

「使い慣れてないようだね」

彼の手の鎌を見る。

相手も、自分の手を見下ろし、

「この家で、以前使われてたものらしくて、あまり切れないんです」

「引っ越されたとは知らなかった」

「警察にも連絡が必要なんですか。もうあれは終わったんじゃ？」

「終わったわけではありませんよ」

馬見原は、軽く相手を睨《にら》みつけてから、家のほうを振り返った。

「面白いところに越しましたね」

「……近くに、学生のいないところがよかったんです」

顔を戻すと、巣藤は苦笑とも言えない弱々しい笑みを浮かべていた。

「ほう。どうしてです」

「……ああいうのは、もう御免だからですよ」

彼が小さく吐息をつき、「刑事さんにも叱《しか》られましたね。隣で騒ぎがあったのに、何もしなかったのかと」

「だから、騒ぎが起きそうもないところへ、逃げ出したと？」

挑発気味に聞こえるのを承知で、馬見原は口にした。相手が黙っているため、

「でも、逃げられなかったわけだ？」

追い打ちをかけるように言った。

相手がいぶかしげにこちらを見る。

「どういう意味です」

「あなたの学校の生徒さんが、同じような形で亡《な》くなられたじゃありませんか」

「……そのことですか。今回の事件も、担当なさってるんですか」

馬見原は、それには答えず、

「ここは、太陽の下で暑いですね。座って話しませんか。いい縁側もあるようだ」

家のほうへ戻って、広く取られた縁側を手のひらで撫《な》でた。板に多少のゆがみはあるが、掃除したてなのか、汚れはない。わざと無遠慮に腰を下ろし、

「眺めもなかなかいい」

縁側から庭を見渡した。林の向こうには夏空が広がり、雲がおだやかに流れてゆく。

子どもの頃は、こうした空き地や畑がそこここに残っていたのにと、つい郷愁的な感慨にふけりそうになる。

巣藤が、足取り重くこちらへ歩いてきた。手の鎌を、馬見原は注視していた。多少錆《さ》びてはいても、十分凶器になるだろう。

だが相手は、鎌を庭の隅に放り、馬見原から距離を置いて腰を下ろした。

「ちょっとした確認だけですから、正直にお答えください。でないと、また署にご足労を願うかもしれませんので、どうかひとつ」

馬見原は威圧するように相手を見た。まだ事情が呑《の》み込めない様子ながら、彼が小さくうなずくのを確かめて、

「七月一日の夜九時から、明けて二日午前二時頃、何をしてらっしゃったか、できるだけ正確に思い出してください」

実森家の人々が亡くなったのは、ほぼその時間帯であることがわかっている。

巣藤は、首をかしげて、指を折り、

「一日の日は、夕方まで学校にいました。そのあと……四日の日に引っ越す予定だったので、前に住んでた駅の近くで、軽トラックをレンタルする契約をしました」

「レンタカーの店にいたのは、何時頃です」

「八時過ぎだったと覚えてますけど」

店には記録が残っているはずだ。

そのあとは駅前の定食屋で夕食を取り、新宿のビジネスホテルへ戻ったと、巣藤は話した。ホテルに戻ったのは、たぶん十時頃だという。

「定食屋を出てからホテルに戻るまでに、誰か顔見知りの人物に会いましたか」

「いえ。戻ったとき、ホテルのフロントとは少し話したように覚えてますけど。けっこう長く泊まってたんで、引っ越すことを言ったんです」

「ホテルに戻ったあとは、どうされました」

「……部屋でシャワーを浴びて、寝たんじゃないかな」

「証言してくれる人はいますか」

「いや、誰も」

馬見原は、レンタカーの店とホテルの連絡先を訊いた。巣藤が家に入ってゆく。

そのあいだに家の周囲を確認した。たとえば家族三人を惨殺《ざんさつ》しても、普通の態度でいられるような、性格異常を匂わせるものがないかどうか、見回してみる。

家のなかは暗いが、間取りは広そうで、風通しがよい印象を受けた。縁の下に、不穏なものは隠されておらず、代わりに蟻《あり》地獄の巣があった。

馬見原の子ども時代、都心にもまだこうした家が多く残っていた。自分の暮らしている地域を考えても、本当に社会は変わってしまったと思う。だとしたら、そこで暮らす人々の性格や、なかで起きる事件も、やはり変わらざるを得ないのだろうか……。

巣藤が、ホテルとレンタカーの店の、領収書を持って戻ってきた。

「ホテルの部屋へ戻ってから、誰にも見られずに外へ出ることは可能ですか」

馬見原は、領収書を確認しながら訊ねた。

「さあ。非常階段もあったし、不可能ではないでしょうけど……」

相手のしぜんな態度が演技かどうか、もう少し踏み込むことにして、

「二ヵ月余り前、暮らしていたアパートの隣家で、一家四人が亡くなった。そして今回、勤めている学校の生徒が、一家三人亡くなった。これについては、どうお考えです」

「どうって……ひどい話ですよ」

相手の顔がつらそうにゆがむ。

「あなたの身近なところで、二つ似たような事件がつづいた。これは偶然ですかね。どうです」

偶然に決まってるじゃないか……相手がそう答えることは予想していた。答え方に

よって、何かがつかめないかと思っていた。

しかし、巣藤はなかなか答えない。眉間《みけん》の皺《しわ》を深くして、何やら考え込んでいる。

「どうしました。正直に答えてください」

語気を強めてうながした。

「……偶然じゃ、ないのかもしれません」

巣藤が消え入りそうな声で答えた。

馬見原はさすがに混乱した。

「どういうことです、それは……」

巣藤は、首をゆっくり左右に振り、

「麻生さんのときと、同じです。今回も、声をかける機会が、なかったわけじゃない。生徒に会って、話を聞いてみることが、絶対にできなかったとは言えないんです」

「よくわかりませんな。二つの事件が身近で起きたことの、必然性のようなものを、おっしゃってるんですか」

「いや、つまり……自分が、他人の生活に踏み込まないのは、いまに始まったことじゃないってことです。だから、もっと起きてたのかもしれない。麻生さんの場合、すぐ隣で、ひどい結果であらわれたから、目立ちましたけど、もっと多くのささやかな悲劇が、自分の周りでは起きていたのかもしれないと……」

「あなたが、他の事件にも、関わっているということですか」

あるいはこれは犯人の告白かと、ひそかに身構えた。言葉を慎重に選び、

「あなたが、関わった事件が、ほかにもあるんですか。あの二家族だけでなく、ほかの家族にも何をしました」

すると巣藤は、いきなり自分の膝《ひざ》を拳《こぶし》で叩《たた》き、

「何もしなかったんですよ。あなたも、それでぼくを責めたんでしょっ」

と声を荒げた。彼は立ち上がって庭に進みかけ、自制したのか途中で足を止めて、

「自分が無関心だったのは、麻生さんや、実森さんだけじゃない。アフガニスタンとか、ザイールとか、中東とか……。そうした地域の人々に対するのと同じように、隣近所にも、生徒たちにも、無関心で通してきたんです。わかりますか」

馬見原は、興奮している相手を冷静に見つめた。もしかして彼が、政治的な活動をおこなっているのか、それとも宗教的組織にでも所属しているのかと疑った。

「何か、そうした団体か、活動にでも、参加なさってるんですか」

相手が、あっけにとられたような顔で、こちらを見た。一気に興奮が冷めたのか、かすかに苦笑さえ浮かべて、

「言ったでしょ。すべてに無関心だったんです。何も信じてないし、何かが変えられるなんて、これっぽっちも思ってない人間ですよ。すみません、つい。いろいろあったもので……」

彼は恥じるように頭を下げた。

「いや、まあ、お座りください」

馬見原自身、警官の職に就いた当時は、革新運動がまだ盛んな頃だった。同世代の若者たちの言い分にも、それなりに一理あると思いながら、家庭の事情もあり、反対にそれを押さえ込む側で仕事をした。もちろん浮かれた印象の、同世代の連中への、嫉妬《しっと》めいた反発もなくはなかった。それが仕事にも反映してか、上司に評価され、捜査員になるための講習を受けられることになったのだが、同じ頃、浅間山荘での事件が起きた。

あの事件や、その前に起きたリンチ事件の影響が大きいのかもしれない。政治的な運動や、活動家といったものに対する警戒感が、彼には強くある。社会をよくしたい、平和を求めたい、平等でありたい……考えそのものには賛成でも、具体的な方法が話されはじめると、急に怪しい人間ではないかと疑うことが、癖のようになっていた。

飲み屋などで話を聞くと、警察関係者以外でも同じように考えるらしいから、日本人の多くがそうした心の癖を持っているのかもしれない。それが国民性なのか、教育や習慣によるものか、戦後の傾向なのか、それとも戦前、あるいはそれ以前からつづいているものなのか……テレビや新聞などメディアの論調、もしくは映像の力などによって、知らぬ間に形作られたものかどうか、よくはわからない。ともかく、

「あなたが活動家であっても、問題ないですよ。そのことで来たわけじゃない」

馬見原は言った。嘘《うそ》ではないが、怪しければ、公安か地域署へ連絡することも考えていた。

巣藤は静かに縁側に腰を戻した。

「ほぼ一ヵ月前のことです。実森君の家を、担任と一緒に訪問しました。何も話せませんでした。別の機会もありましたが、やはり話しにゆきませんでした。話していれば、今回のことはなかったのか……それはわかりません。さっき言いたかったのは、今回、二つの家庭で悲劇が表にあらわれましたけど……目に見えない形で、あるいは、時間や距離を置いたところで、自分が無関心だったために、悲しい目にあった人がいるんじゃないか。自分が何もしなかったことで、つらい目にあった人が、実はもっといるのかもしれないって……そういうことです」

はっきりとは理解できないものの、話の意味するところは、胸に落ちてくるものが

あった。それは馬見原自身、ずっと抱え込み、年月を重ねるごとに増している、罪悪感というものと重なるからかもしれない。

「その生徒さんの家を訪ねたときにですね、家の様子で、何か気がついたことはありませんか」

柔らかい口調に変えて訊《たず》ねた。「たとえば、麻生家と、今回の生徒さんの家とで、共通する何かを感じませんでしたか。どんなことでもいい。同じようなものが置いてあったとか、似たような声がしたとか……。あなたは、両家の人々が生きていたあいだに、直接話すなり、訪問するなりして、ふれている。思い出してみてください」

「すみませんけど……麻生さんのことは、もう思い出したくないんですよ」

巣藤が顔をそらした。それを追いかけるように、

「いま、あなたは、無関心だった自分を責めていた。だったら、思い出すくらいはしてもいいでしょ」

ひどい言い方は承知だった。

「……いまさら、なぜです」

「可能性を求めてるんです。あらゆる可能性を考えないと、道を誤る場合がある。だ

から、わたしは、あなたのことも疑ってる」

巣藤は驚いたせいだろう、間の抜けた表情を浮かべた。

「疑うって……どういう意味です」

「似た人物を、両家の周囲で見かけませんでしたか。車でもいい。共通する人物や、事柄について、両家の人が口にしたことはありませんか」

「それって、つまり……」

なぜだろう、この男に思い切って話してみたい誘惑にかられた。

「ここから先は雑談と受け止めてもらっていい。秘密にはしてもらいたいんだが……。わたしは、あの事件を無理心中と考えることに、ためらいを感じている。きみは、麻生家の現場を見た。あれと似たようなことが、生徒さんの家でも起きたと、想像してもらって構わない。きみはどうだね？　疑っていると言っておきながら、意見を聞くのはおかしいが……きみは、麻生家の両親と祖父への凶行を、実の子がおこなったと信じられるかね？　あるいは、きみの生徒が、似たようなことを両親にやれると、本当に思うかね？」

巣藤は黙ったままだった。真剣に考えているのは、目の動きからわかる。しばらく待ってみたが、相手も混乱しているのだろう、すぐには返事を聞けそうになかった。

　馬見原は、仕事からやや逸脱してしまったことを恥じ、大きくひとつ咳払《せきばら》いをした。携帯電話の番号を記した名刺を縁側に置き、

「疲れてらっしゃるようだし、今日はこれで失礼します。あなたは、二つの家族に生前ふれている。だから、いま言ったようなことを思い出したら、ここへ連絡してほしい。どうです」

「……わかりました」

　巣藤は素直にうなずいた。

　馬見原は、腰を上げて、周囲を見回した。

「しかし、不便かもしれないが、いいところだ」

「いいところに、したいですけど」

　彼の返事に、微妙な心の揺れが感じ取れる。麻生家の事件現場を目撃しただけに、いろいろと考えることもあるのかもしれない。

「ところで、消毒はしたのかな。こういう古い家は、害虫がつきやすい。大事に暮らしてゆきたいなら、消毒はしておいたほうがいいだろうね」

「……考えてみます」

傾きはじめた太陽の光が、古い屋根瓦《やねがわら》にはね返って、まぶしく映る。

馬見原は目を細め、自分の家もそういえば廊下が軋《きし》み、床が沈むなど、危険な兆候があることを思い出した。

【七月十日（木）】


游子は、父に腰を少しだけ上げてもらい、昨夜遅くに着けたおむつを外した。

「おなかの具合は、どう」と、父に訊《き》く。

ベッドに横になっている父は、怖い目で天井を睨《にら》み、唇を固く結んでいる。

「トイレまで歩いてみる？」

だが、父は顔を強張《こわば》らせたままだ。梅雨明けからずっと暑い日ばかりで、父は体調を崩していた。下痢もして、歩くのがつらいらしい。仕方なくおむつに用を済ませる日がつづいているが、それがまた彼を苛立《いらだ》たせるのだろう。

游子は、新しいおむつを父にはかせ、トレーニングパンツを元に戻した。振り返ると、テレビ画面の隅に、現在の時刻が出ている。手早く動かなければ、仕事に遅れそうな時間だ。しかし、慌《あわ》てる気になれない。駒田玲子とその父親への対応を含め、このところ感じていた虚脱感に、先週の土曜、思春期セミナーのおりに山賀葉子から言われた言葉で、とどめを刺された感覚だった。

自分が無力な人間だということは、彼女自身よく理解している。なのに、あらためて他人に指摘され、しかも多くの母親から賛同されると、やはりショックだった。いいんだ、できる範囲のことを懸命にやればいいと、そう自分に言い聞かせ、月曜からも仕事には出ている。だが、緊張の糸が切れたように気力が湧《わ》かず、習慣的に仕事をこなしているようなものだった。

古いおむつを紙袋に入れ、勝手口から外へ出る。空気がすでに生ぬるい。今日も暑くなりそうだ。紙袋を生ゴミ専用の容器に捨て、戻ろうとしたとき、玄関脇《わき》に人の気配を感じた。

游子の母が、パジャマ姿で、露地栽培の葉ボタンの前にしゃがんでいた。疲れた顔で、煙草《たばこ》をふかしている。

「お母ちゃん、何してるの。風邪引くよ」

母は、こちらを見ることもなく、

「下痢してた？」と訊《き》いた。

「ううん。おしっこだけ」

母が顔をしかめる。フィルターの紙が破けて、唇についたらしい。指先で取り、

「また下痢だと、いやんなるね」

「仕方ないでしょう。さあ、ごはんにしよ」

「あとで勝手に食べる」

母は、煙がしみてか、目を何度もこすった。かつては周囲が感心するほどの働き者だった。きれい好きで、料理も上手《うま》く、家事はもちろん、昼はパートで製本工場に勤め、婦人会でも積極的に活動していた。それがいま、游子が気をつけていないとすぐ家のあちこちに洗濯物やほこりがたまる状態だ。

「朝から吸い過ぎよ。もうやめたら」

游子の注意が、母は聞こえないのか、わざとのようにゆっくり煙を吐き、

「ユウちゃん。悪いけど仕事帰りにでも、クソジジイんとこ寄ってきてよ」

「よしなさいよ、そんな言い方」

「まったくもう……アパートの大家さんから、苦情が来てんのよ」

「おじいちゃんのことで？　何があったの」

「いつかの、バアサン。連れ込んでんだって。恥ずかしいったらありゃしない」

「べつにいいじゃない。お年寄りが、男女交際をしちゃ、だめだとでも言うの？」

母は、しばらく言い迷っていたようだが、いきなり葉ボタンの真ん中に吸いさしの煙草をぎゅっと押しつけた。

「セックス……してんだって」

游子は耳を疑った。母は、パジャマの胸ポケットから新しく煙草を出し、

「声がするんだって、昼間から。おじいちゃん、七十九よ。嘘《うそ》でしょって言ったけど、大家さんも困った顔してさ……周りから苦情が来てるんで、穏便に言ってもらえないかって」

高齢者の性の問題は、福祉の現場でも話題になっている。だが、身内に起きるとは思ってもみなかったし、起きてみれば、否定したい気持ちが先に立つ。

游子がものごころつく頃から、祖父はもう〈優しいジージ〉だった。幼稚園の運動会では、一緒に手をつないで走ったし、小学校の父親参観日には、父に代わって来てくれた。游子の誕生日を、一番に祝ってくれるのも祖父で、両親に隠れてこっそりおこづかいをくれることもたびたびあった。游子が三歳のときに祖母は亡《な》くなっていたが、祖父はずっと清潔な印象を保っており、性的な匂《にお》いを感じたことは一度もない。

「ユウちゃん、あんた行ってきてよ」

母にそう言われても、冷静には答えられず、

「わたしが、なんで……」

つぶやくようにしか声を出せない。

「相手のお年寄りが、もし、おじいちゃんの部屋で亡くなりでもしたら、あんた、向こうのご家族に、どう申し開きできるの？」

游子は心がどんどん萎縮《いしゅく》するのを感じた。

「知らない、そんなの……行きたくない……おじいちゃんに、何も言えない」

逃げるように室内へ戻った。何も考えないようにして、おかゆを作り、父の前に運ぶ。父を起こし、彼は右半身が動かせるため、右手にスプーンを持たせて、

「お父ちゃん、食べて」と、うながす。

父はまだ苛立っているのか、無言で食べはじめた。やがて母が台所に戻ってきた。

彼女は、ダイニングテーブルの前に腰を下ろし、

「訪ねるだけでいいから」

と、沈んだ口調で言った。湯飲み茶碗《ちゃわん》にポットから白湯《さゆ》を注ぎ、それを飲みつつ、

「何も言わなくたって、孫がわざわざ訪ねてきたら、察するはずよ。あたしは、こういう性格だし、言わなくてもいいこと言って、傷つけることもあるし……」

と、父に悟らせないようにか、独り言のように言う。

游子は、洗面所に進み、歯ブラシと洗面器を持って、父のところへ戻った。食べ終えた父に、歯ブラシを持たせ、歯を磨かせる。父の様子を見守りながら、

「わかった……」

とだけ答えた。

からだのだるさを感じながら、遅刻ぎりぎりに出勤し、朝の会議で一日のスケジュールを確認した。午後からの心理相談にキャンセルがあった。いやなことは早くすませたい想《おも》いで、早退を願い出た。

祖父のアパートは、自宅から三つ先の駅で電車を降り、十五分ほど歩いたところにある。仕事が忙しいこともあって、游子は数回しか訪ねたことがない。祖父のほうから父を見舞いに、ときどき自宅へ戻ってくることも、こちらから訪ねない理由だった。今年になってタイミングが合わず、正月以降はまだ祖父と会っていない。

簡素な木造アパートの二階に、祖父の部屋はある。外廊下に放り出されている玩具《おもちゃ》や三輪車をよけ、階段をのぼって、部屋の薄いドアをノックした。

道徳や常識、ドラマやコマーシャルなどの表現において、女性は男性に比べて能力が劣る、仕事をつづけられない、美醜にこだわる、自己中心的などなど……、様々なマイナスイメージが押しつけられてきた。性的な面で、とくにそうした傾向がみられるが、高齢者に対しても、同じような扱いがされてきたのではないかと、游子はいま胸苦しさとともに考えざるを得ない。

家族のなかで、ことに男親が、娘のセックスの問題を、あたかも存在しないかのように扱ってきたことが、女性軽視の文化につながった部分があると、游子なりに考えることがある。だとしたら、おじいちゃん、おばあちゃんのセックスについて、家族が考えないようにしてきた結果が、現在の、高齢者の人権を軽んじるような価値観につながっているのかもしれない。

少なくとも自分の親や祖父母には、性的なことは〈卒業〉していてほしいし、〈卒業〉しているはずだと思い込む家族の態度が、老親や祖父母を、俗っぽく言うなら、〈枯れ〉させてしまったことが、歴史的に少なくないのではないか……。男女平等に関する問題意識を広げてゆくなら、当然、自分のおじいちゃん、おばあちゃんのセックスについても考えてゆかなければ、女性だけでなく、すべての人間の権利を弱めることになりかねない。……と、頭ではいくら理解できても、祖父に遊んでもらっていた頃の思い出が邪魔をして、感情的にわだかまる。

理屈でいけば、いま半身不随になっている父と、彼を介護している母の性的な欲求不満も、それぞれ考える必要があるのだろう。二人の現在の苛立ちの何パーセントかには、こうした問題がからんでいるのかもしれない。しかし彼らの子どもとしては、割り切ってそれを考えることができない。専門家などと言っても、しょせんは家族のなかで育った、人の子、人の孫に過ぎないということだろうか。

「どちらさまかしら」

背後から呼びかけられた。

背は低いが、姿勢のよい、目のくりくりっと大きな、可愛《かわい》らしい感じの老婦人が、黄色いTシャツとジーンズ姿で立っていた。

「うちは何も要りませんよ、モノは足りてます。減らして減らして生きております」

老婦人は、早口で言うと、游子を押し退《の》けるようにして、ドアの鍵《かぎ》を開けはじめた。

「あの……ここは、氷崎清太郎《せいたろう》の部屋では」

游子は戸惑いながら訊《たず》ねた。

相手は、びっくりしたように顔を上げ、

「まあ、あなた、清ちゃんとは……？」

「孫ですけど」

相手の表情が、ぱっとほころんだ。

「こんにちは。清ちゃんから聞いてますよ。でも、こんなきれいな方だったのねえ。いま彼、ケーキを買ってくれてるの。二人でボウリングして、帰りに喫茶店に寄ったら、冷房がガンガンきいてて。年寄りを肺炎にする気なのって怒鳴ってね、じゃあ家でコーヒーを飲もうってことになったの。じきに帰ってきますから、ささ、どうぞ」

彼女はまるでわが家のようにドアを開け、なかへ入るよう勧める。

母が話していた人だろうが、反発を感じて、何も知らない顔で、

「あの……どちらさまでしょうか」

游子はよそよそしく訊ねた。

「あらやだ、名乗ってません？　こりゃまた失礼しました」

彼女は、ぺろっと舌を出して、「果物の柿《かき》に、海に浮かぶ島、片仮名でスミ、生粋《きっすい》の江戸っ子、柿島《かきしま》スミ江《え》と申します。あなたのおじい様には、いろいろよくしていただいて、お世話になってます。どうぞよろしくね。でも誤解しないで、同棲《どうせい》してるわけじゃないから」

早口で、表情も愛らしく、可愛いおばあちゃんと呼ばれそうな人柄だが、エネルギッシュな印象で、着ている服からしても、おばあちゃんと呼ぶのは失礼な気がする。

游子は、他人の彼女に勧められることに違和感をおぼえながら、祖父の部屋に上がった。台所と六畳の和室に、トイレがついているだけの狭い部屋だが、前に游子が訪ねたときより、格段にきれいに片づいている。薄茶の無地だったカーテンは、花柄のパステル調に変わっていた。柿島スミ江という老婦人は、てきぱきした動きで、台所

の窓と、六畳の部屋の窓を開けた。風が通り、軒につるした風鈴が涼やかに鳴る。

スミ江は、座卓の前の座布団《ざぶとん》を、游子に差し出すことまでして、

「散らかしっぱなしで、すみませんね。コーヒーをいれますから、どうぞテレビでもごらんになってて、待っててください」

と言い、テレビをつけて、台所へ立とうとする。

「あ、いいです。わたしがやります」

游子が動こうとしても、

「いいの、いいの。どうぞ座ってて」

スミ江は、こちらを立たそうとせず、自分のペースで動いてゆく。游子も相手の勢いに押され、仕方なく座って待つことにした。

「確か游子さんとおっしゃるのよね？」

台所から声がした。

「あ、はい……」

答える声が、つい上ずった。緊張している自分が妙に滑稽《こっけい》に思える。

「あらあら、こんなものやってた？」

スミ江が足早に戻ってきた。彼女の動きを追って、游子もテレビのほうへ目をやる。

外国の戦争モノらしい映画が放映されていた。

「ひどい映画を世界中が作ってますね。仲間が一人撃たれたら大騒ぎするくせ、敵は百人殺しても、大喝采《だいかっさい》なんだから。そんな映画を作る国の国民は、不幸ですよ」

彼女がチャンネルを替えてゆく。幾つか試して、見るべきものがなかったのか、ワイドショーらしい情報番組に合わせ、

「こんなもので我慢してちょうだいね」

「いえ……いいです、べつに」

「困っている子どもさんの相談を受けてらっしゃるんですってね。大変なお仕事よねえ。でも、早いんじゃない。今日は、お休み？」

游子は、相手の次々変わる話の展開に当惑しながら、

「たまたま早く終わったので、祖父を久しぶりに訪ねてみようかと思って」と答えた。

「いいお孫さんだわね。で、どうなさる？」

「え、なんですか」

「お砂糖とミルク。わたしが、コーヒー好きで、ドリップでいれてるもんだから、清ちゃんもいまはブラックなの。あなた、どうなさる？」

「あ……じゃあ、わたしも同じで」

「遠慮なさらず、いいほうを言ってね。清ちゃん、もとは甘党だったもの。あなたも実はそうなんじゃない。でしょ？」

見透かされたような感じと、いまの不自然な状態が、游子には腹立たしくもあり、

「あの、祖父とはどこでお知り合いになったんですか」

やや強い口調で訊《き》いた。

相手は、それを悪く取る様子もなく、

「地域のコミュニティ・センターで知り合ったの。わたし、本当は年寄りクラブみたいなの大嫌い。でも、お友だちに無理に誘われて、初めて行ったんですよ、カラオケの会。みなさん、湿っぽい歌ばかりでしょ。わたし、そういうのも苦手で、わざとプレスリーを歌ったんです。『好きにならずにいられない』。もちろん英語なんてわかんないから、めちゃくちゃな日本の歌詞を、メロディに勝手にのっけて」

と、実際彼女はその部分を歌ってみせ、

「わたしの悪い癖。あまのじゃくだから。でも、清ちゃんは気に入ってくれてね。前から好きだったんですって、プレスリー。彼の歌、お聞きになったことある？」

なかった。游子が首を横に振ると、

「息子さんが……あなたのお父さんが、ご病気になって、これまでの生き方を変えた

いって思われてたみたい。ちょうどそのとき、わたしがプレスリーを面白おかしく歌ったのが、気に入ったんじゃないかしら。清ちゃんが声をかけてきて、こっちもじゃあちょっと遊んであげようかなって……。お酒飲んだり、映画を観《み》たり、たまに若い人の行くクラブって場所で踊ったり、いま一緒にいろいろ活動してるの」

お湯が沸いたらしく、ケトルの音がした。

「おっと、いけねえ」

彼女は芝居がかった口調で言って、台所へ戻っていった。

游子には意外なことの連続だった。訪問するまでは、あれこれ考え、不安ばかりつのっていたが、実際に祖父のガールフレンドという人に会ってみると、相手の調子に圧倒されて、良いも悪いもなくなってしまう。

「ジャジャーン」

明るい声がして、台所との敷居際《ぎわ》にスミ江が立った。額に、白いタオルを鉢巻状に巻いている。腰に手を当てて胸を張り、

「いま、わたしたち、市民運動にまで手を伸ばしてんですよ。といって、べつに面倒なことじゃなくてね」

スミ江は急にくだけた感じで姿勢をゆるめた。ほら、と手を軽く振り、

「わたしたちの世代って、ずっとおカミを仰いできたでしょ。上の言うとおりにしてたら間違いないって。実際は、戦争とか公害とか、ずいぶん間違われてきたと思うけど、仕方ないかって従ってきた世代だから。戦争で亡《な》くなった人への負い目みたいなものもあるし、とりあえず黙ってようって思ってきたの。でも、いまのおカミなんて、実際はわたしらの子や孫よ。つまり全然苦労知らずの小僧っ子でしょ」

彼女は、タオルを取って、肩に掛け、歌舞伎《かぶき》めいた見得《みえ》を切った。

「満州帰りの、おスミさんを、バカにすんじゃないよ」

游子は、相手の言動に驚くばかりだが、スミ江は気にするそぶりもない。

「こっちは満州で、死体がごろごろ転がってるのも見たし、苦労して帰って、貧しい時代を生き抜いてね、夫が死んだあとは、ひとりで子ども二人を育てて……そんな人、この国には沢山いると思うの。なのに、経験の少ない、甘ったれな子や孫に、本当にこっちの生き死にを任せていいのかしら？　年金も税金も、貧しい年寄りほど苦しくなってるし、環境もひどくなる一方。戦争だ自衛だって前に、いまのこの生き方の形は、本当に大勢を幸せにするのかって議論もないでしょ。こりゃもう黙ってちゃだめだなって、思ったの。何々反対って歩くのもいいけど、上の人たちが気にしてんのは結局選挙なんだから。落としちゃうぞおって、老人票を楯《たて》にしてね、福祉や環境を優遇する法律をバンバン作らせよう、お金の使い道に圧力かけようって、みんなに話して回ったり、孫のインターネットで広めたりしてるところなの」

まだつづきがありそうだったが、部屋のドアが開いて、

「ただいまー。スミちゃん、おまちどおー」

これまで游子が耳にしたこともないような、祖父の甘ったれた声が聞こえた。

祖父は、台所に上がってきて、游子にも気づかず、

「おかえんなさい」

と、迎えたスミ江に、唇を突き出し、

「寂しくて、途中でボケそうだったよぉ」

と、キスをせがむような姿勢をとった。

スミ江は、そんな彼の額をポンと打って、

「お孫さんが見えてんのよ」

「え……」

祖父がびっくりして振り向いた。白い半ズボンに、真っ赤なアロハシャツを着て、手にケーキ店の箱をさげている。彼が、派手なアロハを着た姿など、游子は初めて見た。祖父は、一瞬照れくさそうだったが、思い直した様子で、

「游子か。久しぶりだ、よく来た」

嬉《うれ》しそうに游子のほうへ歩み寄り、立ち上がった彼女を抱きしめた。そんなことをされたのは小学生以来で、挨拶《あいさつ》の言葉も出なかった。

祖父は、郵便局に定年まで勤め、なお六年ほど倉庫管理の仕事をしたあと退職した。真面目《まじめ》で地味で、無口な人だと思っていたが、まるで人が変わっていた。性格だけでなく、顔の肌もつやつやとして、少し日焼けもしているのか、家で寝ている父が可哀《かわい》相《そう》に思えるほど精悍《せいかん》な印象だった。

「元気だったか」と、祖父が訊く。

「……うん。まあ」

「元気が一番、恋が二番。で、游子は恋はしてるのか?」

祖父がおどけた口調で訊く。

游子は、戸惑いから脱しきれず、

「おじいちゃん、なんだか、妙に明るいね」

つい皮肉を込めた口調で言った。

祖父は、彼女の困惑を理解している目をして、逆に誇らしげに笑い、

「どうだ、変わったろ、このジージは?　あの人のおかげだよ」と、台所を振り返る。

「コーヒーはいりましたよぉ」

ちょうどスミ江が、洒落《しゃれ》たコーヒーカップを三つ、盆にのせて運んできた。そんなカップも、游子は見たことがない。祖父は、いそいそと動いて、盆を受け取ろうとする。スミ江が、これはいいからケーキ皿とフォークをと言い、家では何もしなかった祖父が、言葉通りに皿とフォークを持ってくる。

「よかったよぉ。ケーキは三つ買ったんだ。スミちゃんに、どれがいいだろうって迷ってね」

「嬉しいこと言ってくれちゃって」

二人が顔を見合わせて笑う。

「游子さんは、どのケーキがいいかしら」

スミ江がにこやかに訊《たず》ねる。立ったままだった游子は、祖父たちに強く勧められて座りはしたが、違和感は増して、

「わたしはいいですから」と断った。

「だめだめ、お客さんなんだから」

客はそっちじゃないのと思ってしまい、どうしても素直になれない。祖父の変化から受けたショックが大き過ぎた。

「游子には、一番安いやつでいいさ」

祖父の軽口にも、傷ついた。いつだってわたしのことを一番大切にしてくれたのにと、幼い頃の〈優しいジージ〉へのわがままさえ口をついて出そうになる。

「そんなこと言わないものよ」

スミ江が、祖父をたしなめ、一番高そうなケーキを游子に取り分けてくれた。

「さあ、いただきましょう」

「よかったな、游子。遠慮するな」

二人がケーキに手をつけ、游子も手持ちぶさたでコーヒーを飲み、座に短く沈黙が落ちた。そのため、テレビからの音声がはっきり聞こえた。

「杉並で、またそれ以前には埼玉と千葉で、実に昨年から四件、似たような事件が発生しているわけで、大変な驚きです」

游子はテレビに目をやった。青いシートに包まれた民家を背景にして、女性リポーターが深刻な表情でしゃべっている。

「ああ、これか。ひどい事件だものなぁ」

祖父が言った。興味をひかれたのか、スミ江とそろってテレビに目を向ける。

画面には、記者会見をおこなっている学校長の、沈鬱《ちんうつ》な表情が映し出された。

「不意の出来事で、大変驚いております。亡くなられたご家族のご冥福《めいふく》を、心よりお祈り申し上げます。今後、学校側としましても、生徒たちには十分注意をしてゆくつもりです」

画面は、リポーターの姿に戻り、

「えー、校長先生はこのようにおっしゃってるんですけれども、実は今回、学校側の対応に批判的な意見も、内部から出ているんですね。これをご覧ください」

すると、思いがけない顔が画面上に見られた。『同校教諭』というテロップとともに映ったのは、間違いなく巣藤浚介だった。

「学校側にも、もちろん問題はあったと思います」と、彼は言った。

映像は編集されているらしく、少し場面が飛んで、また彼の言葉がつづいた。

「学校側にも責任はあると思います。すべてとは言えないにしても、学校にも教職員にも、相応の責任はあるはずです。教育者という以前の、人間としての、責務のようなものかもしれません」

浚介は、言葉を探しながら、真摯《しんし》に答えている。また短く映像が飛び、

「とにかく、いまのままでいいとは思えないというか……」

彼が苦渋の表情を浮かべたところで、画面はまたリポーターの演技過剰を思わせる、

深刻そうな顔に戻った。

「具体的に学校側にどんな問題があったのか、くわしいお話は聞けなかったんですが、ともかく現場の教師の方は、学校、および現在の教育界に、問題点があると指摘されています。でですね、それをまるで裏付けるかのような、或《あ》る女生徒さんの発言があります。つづいて、これをご覧ください」

いきなり、顔のところにボカシの入った、制服を着た少女の映像があらわれた。女生徒はカメラに向かって、

「クソみたいな家族は、死んで当然だって言ったんだよっ」と叫んだ。

声は機械処理されたデジタル的な音声だったが、怒りに満ちていることは感じられる。

編集されたのだろう、映像が短く飛び、女生徒は同じ姿勢でカメラに向かい、

「人間はみんな腐ってる。いらねえよ、学校も家も」

演出でないとすれば確かに異常とも言える言葉の連続に、游子も驚いた。一方で、顔を隠された女生徒について、もしやと思い当たる節もある。

画面は、またリポーターに戻され、

「えー、ショックを受けた方々もいらっしゃると思います。学校だけでなく、いまの

教育界全体、また家庭全般に、何かしら問題点があり、いまの少年少女に異様な変化が生じているのかもしれない、そう先の事件とも併せて考えさせられ、参考としてご覧いただきました。どう受けとられるかは、視聴者の方それぞれの……」

「あんなことを言わせてはいけませんね」

スミ江が突然口を開いた。女生徒のことだろうと、游子が思っていると、

「まるで他人事《ひとごと》のように、リポーターの方はしゃべってますけど、いけません。目の前で、ひどいことを言う子どもがいたら、まず大人として、それを叱《しか》らないと。その上で、どうしてそんなことを言うのか、相手の話をじっくり聞いてあげないとだめです。理由もわからないものを、ただ不安がり、面白がって、垂れ流すようなことをするのは、大人じゃありません。そう思いませんか、游子さん」

これまでと違う、重い口調で彼女が言うのに、游子は困惑した。いま見た映像も強く印象に残って、すぐには答えられない。

「子どもを、ちゃんと子ども扱いできる大人があまりにいなくなりました。それが本当に残念です。さ、ケーキをどうぞ」

スミ江は、また元の笑顔に戻って、游子に勧めた。

【七月十四日（月）】


芳沢孝郎は、成田空港の到着ロビーを出たあとすぐ、会社からの迎えに荷物を任せて、上司に電話を入れた。

出張先のトルコ、イラン、インドから送った電子メールでは表現しきれなかった感想を、帰国の報告とともに、上司に伝えてゆく。

黒海とカスピ海沿岸から、ユーラシア大陸を横断する間に存在する国々の政情が、石油をはじめ、様々な資源の取り引きに大きく影響する。各地域の、駐在員や日本大使館員、また海外の外交官やメディア、そしてＮＰＯおよびＮＧＯメンバーなどから、情報を収集し、総合的な視野で分析することが、孝郎をリーダーとする情勢調査チームの四人に求められていた。

一昨年、世界情勢は大きく変動したが、さらにここ数ヵ月間で、中東を中心に様々な変化が生じたため、彼は出張を繰り返し、できるだけデータを蓄積してきた。結果として、本社が進めるエネルギー輸入の新企画、また日本のＯＤＡを利用した水源開発のプラントなど、幾つかのプロジェクトに、先行きの不安が深まった。

孝郎たちの仕事は、エネルギーや食料の輸入、鉄鋼や加工品の輸出、多国間貿易の仲介、水を商品として考える大型プラントの建設など……どれもWTOすなわち世界貿易機関の方針をうかがった上での、各国政府との交渉が不可欠だった。

しかも、現在の政府と、その反対勢力の思惑だけでなく、両勢力を陰で支えるグローバル企業の方針や、国連常任理事国の国益、ことにアメリカ合衆国の意向を、正確に読み取っていかなければならない。

さらには貿易相手国が、政策上においても宗教を深く重んじている場合は、その戒律と経済追求のバランスをも、くみ取ってゆく必要がある。環境や労働条件を監視するNPO、NGOへの配慮も忘れると、あとでひどい目にあう。考えねばならない問題が、ほんの数年前に比べても、格段に増えた。

孝郎たちにも、誰が味方で、どこに話を通せば交渉が前へ進むのか、見きわめが難しくなっている。たとえば海外の民間組織や人権団体のなかには、グローバル企業の息がかかったものもあり、「自由」や「公平」といった言葉が、実際には一部の特権階級の利益を上げるために使われている場合も少なくない。

民族独立の機運が各地域に広まり、グローバリゼーションの恩恵に預かれない人々の怒りも重なって、小競《こぜ》り合《あ》いのようなデモや抗議行動が次々に起きている。力のあるグローバル企業は、その動きを逆手に取って、テロ対策や紛争対策を名目とした大型プロジェクトを計画し、各国政府に働きかけてもいる。そうしたプロジェクトに、下請け、孫請けとしてでも加われない企業は、思っていた以上に、現地の政府や経済団体から疎外《そがい》されつつあった。

孝郎は、携帯電話でそうしたことを上司に報告しながら、迎えの車で都内へ向かった。

「もうひとつ印象に残ったのは、人々のあいだに広がる、小さな暴力的傾向です」

以前は、暴動やストライキは、雇用や給与面で恵まれない人々がおこなうものと考えられ、その対処を、各計画の立案時に盛り込んでおけばよかった。だがいまは、一般人のなかにも、様々な暴力行動をとる傾向が見られる。

「デリーのホテルで、児童労働を監視するフィンランドのNPOメンバーと話す機会があったんです。新しい自由主義経済の暴力が……と、これは相手の言葉ですが、その経済的暴力が、下の階層だけでなく、いまは中流から上の階層も追いつめていると言うんです。周知のとおり、WTOなどによって関税撤廃が進められ、それを仕掛けるUSA、また日本もそうですが、工場を途上国に移した結果、国内の失業者は増える一方の現状ですよね。そうした競争原理が、人々の内面に浸透するに従い、いつ現在の生活から落下するかという不安に、すべての人が怯《おび》えはじめた、と……。そして、逃げ道なしの不安拡大は、重なり合う波紋のように、実際は風がなくても、巨大な波を生み出すと言うんです。たとえば、以前なら我慢できた、ちょっとした苛立《いらだ》ちが、突発的な暴力に発展し……それが或《あ》る場所においては、罪のない子どもに手をかけるような犯罪になり、あるいは外国人を排除するような行動となってあらわれ、また或る地域においては、テロリズムと報復という国家的な暴力の連鎖となる、と。しかし、一般の生活者の、日常的な不安や苛立ちは、目立たない分、もっと恐ろしいかもしれないということなんです。それは、人々のモラルをゆがめ、社会の基盤を脆《もろ》くしかねませんからね。旧来の労働者対策では、思わぬ落とし穴にはまる可能性も出てきています。この件については、機内でほぼ固め、今夜中にリポートを提出できますが……」

休みを期待する部下たちを見ながら、孝郎は上司にうかがいを立てた。

提出は明日の昼でよいと言われた。だが孝郎は、電話を切って、

「リポートは今日中に仕上げるぞ」

と、部下たちに告げた。隣の席の、大学でも後輩だった一番の部下に向かい、

「上司は、部下のいい意味での裏切りを期待してる。部下が期日より早く動く、上司はそれを自分の力だと思う。部下に恐れ敬われてると思って、喜ぶのさ」

後輩は、しかし、今日中に仕上げるなら夜の九時か十時になるが……と言った。

「甘いこと言ってんじゃないよ。働きたくても働けない人間は何百万といるんだ」

後輩は慌《あわ》てた様子で、休みたいのではなく、孝郎の家のことだと答えた。

「おれがどうした、何のことだよ」

出張先のホテルでは、経費節約のため、二人は同室だった。孝郎の妻から掛かった電話を、後輩が二度とも取ったため、妻の取り乱した声と、言い返す孝郎の声を聞き、尋常ではない状況を察したのかもしれない。

孝郎は、鼻で笑って、心配ないと言った。

「それよりリポートを三十枚以内にまとめる工夫を考えろ。上はその程度しか読みゃしないぞ」

ほかの部下へも命じたあと、座席に深くもたれて、目を閉じた。

妻からの電話は、娘の亜衣が部屋にこもって、学校へ行かなくなったというものだった。二度目の電話で、亜衣がテレビの取材に対してひどい発言をし、それが問題になっているということを、発言内容と併せて聞いた。信じられなかった。担任たち教師が家に来て、間違いないことだと、妻に語っていったという。

当の亜衣自身は、何も言わず、無理強いすると……「暴れるの」と、妻は言った。すぐに帰ってきてほしいと、妻は涙声で頼んだが、重要な出張を途中で切り上げることなどできない。家のことは母親の責任だ、しっかりしろ、ともかく成田に着いたら電話するから……。そう答えたくせに、孝郎は都内に車が入っても、まだ自宅へ電話しなかった。

会社に戻って、部下とリポートをまとめ、終わったのは午後九時だった。打ち上げをやろうと声をかけたが、部下の三人は今夜は辞退したいと言う。

「根性ねえなぁ」

孝郎は、行く予定でいたクラブや、なじみのバーで一人だけ飲むのも面倒になり、会社近くの牛丼屋《ぎゅうどんや》で、ビールを注文した。中瓶二本を空にし、三本目を飲みつつ、携帯電話を手に、家に掛けようとしては、気が重くなり、株価や為替の画面を見た。

「何をやってくれてんだよ……」と、口のなかで吐き捨てる。

なんで面倒を起こすんだ、ややこしいのはうんざりだ。こっちは世界を相手にしてんだぞ、世界を変える仕事だよ。なのになぜ、家族のことなんかでちまちま悩まなきゃいけない……。

もしも、亜衣がいま小学生なら、出張は切り上げないにしても、帰国したらすぐに家へ帰ったかもしれない。だが、彼女が思春期を迎えた頃から、目に見えない溝というか、距離ができはじめた。孝郎も職場で責任が重くなり、家族と過ごす時間が減っていた。亜衣がいまどんな夢を持っているか、食べ物でも歌手でも、何が好きで嫌いか、表面的なことさえ知らないでいる。まして彼女が内面に何を抱えているのか見当もつかない。彼女の心に踏み込んで、反発を受け、嫌われるのも恐ろしい。

考えたくはないが、性の問題もある。だからこそ、下手に干渉するよりは、「パパはおまえを信用してるぞ」と、言葉ではなく、態度であらわすことで、問題の防波堤にしてきたつもりだった。

少し前に、亜衣がトイレで吐いていると妻が騒いだことがある。亜衣自身は、ダイエットだと説明した。孝郎は亜衣を信用した。亜衣も、二度とそういうダイエットはしないと約束し、久しぶりに父と娘の距離が近づいた気さえした。なのに、なぜテレビで妙なことを言う？　不登校？　部屋にこもって暴れる？　なんのことだ。

孝郎の隣の席に、若い男が腰掛けた。相手の抱えたギターケースが孝郎の膝《ひざ》にぶつかり、彼は痛みにうめいた。相手は知らぬ顔で、連れと何やら笑っている。

おい、痛いじゃないか、謝れ……。何度も口のなかで繰り返す。あとに起きるいざこざを考え、唇を噛《か》んだ。

いいか、こっちは世界を飛び回って、日本を変えかねない仕事をしてるんだ、おまえらの何倍も稼いでんだぞ、このクソガキどもめっ……。

孝郎は憤然と椅子《いす》から立った。ビールの瓶に手が当たり、カウンターの上に倒れた。残っていたビールが流れ出る。隣の若者が大げさに身をそらし、あーあ、お父さん酔っちゃったのぉ、と笑った。従業員はため息をつき、そのままでいいっすよと、面倒くさそうに近づいてくる。

おまえたちクズどもは、ろくな仕事もないまま、のたれ死ね、まじめに生きてこなかったことを、年寄りになって後悔しろっ。

孝郎は、胸の内でののしり、店を出た。走ってきたタクシーに、前方で人が先に待っているのを承知で、手を挙げ、さっさと乗り込んだ。先に待っていた女が、呆《あき》れたような不満顔を見せている。知るもんか、とろとろしてる奴《やつ》は、この世界じゃ負けなんだよ……。

行きつけのクラブかバーへ行きたかった。愚痴を言い、女たちに慰めてほしかった。店の表まで行ったところで、猫背の中年男がホステスに抱きつこうとして、かわされている姿を見た。時差の疲れもある。運転手に行き先の変更を告げた。

＊

希久子は、二階へ上がる階段の途中で、足を止めた。

いやな想《おも》いはしたくない。だが、やはり心配だ。明るく、優しい娘に戻ってほしい。ママごめんなさい、と謝ってくれないかと期待もする。夫から非難されるのも避けたかった。希久子は意を決して階段をのぼり、娘の部屋のドアをノックした。

「亜衣、亜衣……パパが話があるんだって。下りてきなさい。亜衣、寝てるの？」

ノブをつかみ、ドアを引いた。金属的な音が響いて、ドアは開かない。ドアと柱の隙間《すきま》をのぞいた。小さな掛け金が、ドアの内側に取り付けてある。

「なんてこと……」

希久子はドアを強くノックした。

「亜衣、何をしてるの、早く開けなさい」

室内からは、どんな声も返ってこない。

階段のところまで戻り、下に向かって呼びかけた。

「パパー、ちょっと来てよ」

夫の孝郎が、背広を脱ぎ、ネクタイも外した恰好《かっこう》で、顔を見せる。

「鍵《かぎ》を取り付けて、出てこないのよ」

「鍵……なんでそんなことさせるんだ」

責任はすべて希久子にあるかのような、彼の口ぶりに気持ちがすさむ。

「早くのぼってきてよ……」

叫びたかったが、喉《のど》がつぶれたような声しか出ない。

孝郎が、鈍い足取りで上がってきて、亜衣の部屋の前へ進んだ。

「亜衣、どうしたんだ」

彼が呼びかける。「テレビでおかしなことを言ったんだって？　大したことはないじゃないか。出てきなさい。久しぶりに話し合おう」

彼がドアを引く。やはり開かなかった。

「亜衣、寝てるわけじゃないんだろ」

力任せにドアを開けようとしたが、むだだった。彼が希久子を振り返る。

「なかで倒れてんじゃないのか」

「……わからないけど」

「亜衣、ドアを破るぞ、いいのか」

それでも声が返ってこないため、孝郎は数歩下がって、肩からドアにぶつかった。掛け金のふるえる音がする。もう一度、彼が体当たりをしかけた瞬間、部屋のなかで叫び声が上がった。悲鳴とは違う、敵意と拒絶の意志がこもった声だった。とても娘の声とは思えない。孝郎が戸惑いながら、ふたたび室内へ声をかける。すぐに同じ叫び声が返ってきた。

「やめて……もうやめて……」

希久子は夫を止めた。これ以上亜衣を刺激したら、もっとひどいことが起きかねないという不安をおぼえ、彼の腕を引いて階段を下り、自分たちの寝室へ入った。

部屋に鍵はなく、希久子は三面鏡の前の椅子を運び、ドアをふさぐ形で置いた。

「何をやってんだ」と、孝郎が訊《き》く。

「テレビで言ってたの。子どもにもし問題が生じたら、寝室に鍵を掛けなさいって」

「それは……子どもの部屋のことだろ」

「親の寝室よ。寝込みを襲われないために」

「何を言ってんだ、おまえ」

「子どもが、いっときの衝動で罪を犯さないよう防いでやるのも、親の務めなのよ」

「ばか、それでも親か。おまえが言うのは、家庭内暴力を起こした子どものことだろ。

亜衣を一緒にするなっ」

孝郎は、椅子をどけて、部屋から出ていった。

希久子は、危うく倒れ込みそうになったところ、ベッドにもたれて、腰を下ろした。

今年の四月末、亜衣は警察に保護された。それまでの順調な成長を思えば、起きるはずのない大事件だった。だが、大きな騒ぎにはしたくなかった。亜衣を追いつめ、本当の家出や援助交際のような問題行動に発展しはしないかと、そのほうが怖かった。もちろん夫に子育てのことで責められたくもない。できれば一時的な気の迷いのようなものとして処理し、亜衣にも保護の件は忘れてほしかった。

もちろん母親として何もしなかったわけではない。亜衣の言動に気をつけ、思春期問題を扱った本も読んだ。同様の問題を扱ったテレビ番組も見たし、パソコンを使って様々な場所へアクセスし、情報を集めた。

その一方で、亜衣は大丈夫、環境が変わって少し不安定なだけだ、食べたものをトイレで戻すのもダイエットの方法には違いないし、少し時間が経《た》てばきっといい子に戻ると、自分に言い聞かせていた。

なのに、学校から連絡があり、亜衣がテレビの取材に対して問題発言をしたという。教師たちは、その後何度も訪ねて、亜衣と会おうとした。昨日も一人、教師が訪れた。

亜衣が保護されたとき警察署にいた美術教師だった。巣藤と名乗った彼は、亜衣と話したいと言ったが、希久子は彼を警戒し、亜衣にも知らせず帰ってもらった。

「おい」

目の前に、水の入ったコップが差し出された。顔を起こすと、孝郎が立っている。

「……ありがとう」

彼女はコップを受け取った。

「ようやく出張から帰ってきたと思ったら、いったいどういうことだよ」

孝郎は奥のベッドに腰を下ろした。氷がからんと鳴る音がする。ウイスキーの水割りでも作ってきたのだろう。

「おまえは亜衣といつも一緒なんだ、何かサインを出してたんじゃないのか」

希久子は、うるさいと、口のなかで言い返した。孝郎は、それに気づかず、

「原因をつきとめて話し合えば、笑い話ですむ程度かもしれんだろ」

希久子は、三面鏡のほうへ視線を上げた。鏡のなかに、疲れた中年女の顔がある。

「ばかじゃない……あれが笑い話ですむ程度？」

口からしぜんと言葉が洩《も》れた。

「なんだ、その言いぐさは。おまえは、母親としての責任を全然果してない」

「そっちだって父親でしょ」

「おれは働いて、家を支えてんだろ。どの家だって、母親が子どもを見て、問題も起きてない。なぜおまえができないんだ」

「できることは、やってきたわよ」

「嘘《うそ》つけ。子育ては、ずっとお袋まかせだったじゃないか。お袋が死んだとたん、亜衣はおかしくなった。誰の責任か、はっきりしてる」

希久子は相手を睨《にら》みつけた。

「お義母《かあ》さんがすぐ手を出すから、わたしも亜衣も振り回されて、困ってたのよ」

「いまさらよくそんなことが言えるな。おまえには親としての自覚が足りない」

「そっちにはあるの？　お義母さんが亡《な》くなっても、家のことから逃げてばっかり」

「こっちは世界が相手なんだ。ちっぽけな家のことなんか問題にならないくらい、重い仕事をしてんだよ。そんなおれが、どうして逃げる？」

「世界なんてものより、家族のほうがよほど重いからでしょうよ。子どものあなたが、本当に重いものを背負えるわけがない」

孝郎が手のグラスを振り上げた。窓か床へ、投げつけそうに見える。だが彼は、一瞬迷ったのち、三面鏡の台の上に荒くグラスを置いた。水割りが少し絨毯《じゅうたん》にこぼれた。

臆病者《おくびょうもの》……。希久子は口のなかでつぶやいた。高ぶっていた感情が急速にしぼんでゆき、いたたまれず部屋を出た。洗面所で顔を洗い、手をしばらく水にひたす。

違う誰かと結婚していたら……と思う。夫の前につきあっていた人と、あるいは憧《あこが》れていただけの先輩や上司、友人の恋人、あり得ないことだが、ブラウン管の向こうのスター……。相手が誰であれ、いまと違う暮らしをしていた。違う家で、違う家族と生きていた。亜衣もいない。別の人間が、自分の子どもとして存在していた。幸福だったろうか。楽しかったろうか。

けれど……子どもを持てなかったかもしれない。せっかく産まれた子を、病気や事故で失った可能性もある。仕方がない、自分の暮らしはこれだと思いきるほかはない。

希久子は、雑巾《ぞうきん》を持って寝室に戻り、絨毯にこぼれた水割りの染《し》みを拭《ふ》いた。

「とにかく亜衣のことは、しばらくこのまま様子をみてみるしかないだろ」

孝郎が言った。苛立《いらだ》ちを抑えようと努めている口調だった。

「学校でいやなことがあって、少し休みたいだけかもしれない。焦《あせ》ってむりやり引きずり出すようなことをしても、かえって悪くなりかねん。落ち着いて話したほうがいい。時間が経てば、また展開が変わってくるさ」

なんでも問題を先送りする夫の性癖が憎らしく感じられ、

「あの子、警察に補導されたのよ、四月の末に」

自分でも思いがけず口にしていた。

孝郎の返事はない。希久子は、もうよしたほうがいいと思いながら、相手をねじ伏せたいような衝動に駆られ、

「男とラブホテルに入って、暴れて、男を灰皿で殴り、逃げようとしたって……」

水割りの染みは取れた。だが、希久子はなお執拗《しつよう》に雑巾を動かしつづけた。

「なんだよ……ホテルって、おい」

孝郎の声はかすれていた。彼は、希久子の背後に立って、蹴《け》らんばかりに近づき、

「嘘をつくな。警察に補導なんておまえ……そんなことあったら、おれが呼ばれないわけがあるか。腹いせに、つまらん真似《まね》はよせ」

希久子はため息をついた。いまこの男と、問題を突きつめて話し合う気にはなれない。

「そうね……つまらない嘘をついた。ごめんなさい」

雑巾を持って部屋を出た。洗面所で雑巾をすすいで寝室に戻ろうとすると、孝郎がダイニングで水割りを飲んでいた。

ひとりでベッドに入った。背中に、温かい胸がふれてくるのを、ほんの少し願った。

実際にふれられたら、嫌悪《けんお》が走るかもしれない。だがいまは、背中を抱かれ、思いやりのある声を待ちたい想いが強くあった。


水の音がする。希久子は浅い眠りから覚めかけた。

もう一度、水の音がした。トイレの水だとわかり、目を開ける。部屋はまだ暗い。

「亜衣、亜衣、待ちなさいっ」

孝郎の声が聞こえた。

胸騒ぎをおぼえ、部屋を飛び出した。階段の下まで走る。ちょうど二階に上がりきる夫の姿が見えた。

彼女もすぐにのぼってゆく。亜衣の部屋のドアが開いている。前まで進んで、廊下から室内を見た。ベッドの上で布団《ふとん》を頭からかぶっているのが亜衣だろう、孝郎がそばに立っていた。

「何をこそこそやってるんだ。夜も明けない時間に、また吐いてたのか」

孝郎が布団をはいだ。スウェットの上下を着た亜衣が、頭を手でおおい隠した。

「……おい、電気をつけろ」

彼が希久子に言う。彼女は、部屋のなかに一歩入って、蛍光灯のスイッチを押した。

室内はさほど乱れていない。暴れた形跡もない。なのに雰囲気が以前とは微妙に違い、荒れた印象を覚える。汗くさい臭《にお》いと、錯覚かもしれないが、赤ん坊の頃の亜衣を思い出させる湿った産着《うぶぎ》の匂《にお》いがした。机の上には、枯れた菊の花がガラスの花瓶に差してあった。

「怒ってるわけじゃない。心配してるんだ。何があったのか説明しなさい」

孝郎の言葉は、希久子が何度も口にしてきたことだった。

「テレビで変なことを言ったというのは、冗談だったんだろ？　騒ぎになったから怖くなって、学校を休みたくなったんじゃないのか。食べて吐いてるのは、ダイエットだな？　どうなんだ」

亜衣は答えようとする気配さえ見せない。

孝郎は、とうとう自制がきかなくなったのか、娘の腕をつかんで、引き起こし、

「補導というのは本当か。警察とか、ホテルとか、身に覚えがあることなのかっ」

と、つめ寄るように訊《たず》ねた。

「……痛えな、離せよ」

亜衣が低い声を発した。

孝郎が驚いた顔で、手を離した。

亜衣は、つかまれていた腕を二、三度振って、ベッドの上にあぐらをかいた。

孝郎が、かろうじて冷静な態度を装《よそお》い、

「いいだろ、ちゃんと説明するなら、パパも何もしやしない。最初から話しなさい」

「うるせえんだよ」

亜衣が舌打ちをする。

「なんだ、それは……親に向かって言う言葉かっ」

「うるさい、うるさい、うるさい」

亜衣が、ベッド脇《わき》に並べてあった磁器の人形を、手で払い落とした。亜衣の誕生日ごとに孝郎が買ってきた、十五個のマイセンだった。孝郎がすぐに彼女の手を押さえようとする。亜衣はそれを振り切って、人形を一体、希久子のほうへ投げつけた。人形は、希久子をそれて廊下に転がり、首が折れた。

孝郎がようやく亜衣を押さえつける。亜衣は爪《つめ》をたてて、彼の手をひっかいた。

「亜衣ちゃんっ」

希久子は叫んだ。

亜衣が希久子を見る。瞳《ひとみ》がくるくるっと動いた。怖がり、驚き、困惑しているのは、亜衣のように思える。あたし、どうしちゃったの、ママ……そう問いかけられているように感じた。

抱きしめてやらなきゃ……希久子は前に進み出た。そのとき、

「よせっ」

孝郎にさえぎられた。

亜衣の目が、またくるくるっと動いて、絶望と怒りの表情に変わるのが見て取れた。

「亜衣っ」

希久子が止めるのも間に合わず、亜衣は机に向かって駆け寄ると、花瓶をつかみ、窓に叩《たた》きつけた。

ガラスが砕け散り、幾らかは部屋のなかに落ちた。亜衣は力を出しきった瞬間に我を失ったのか、茫然《ぼうぜん》としてガラスの破片の真ん中に立っている。

「亜衣、じっとしてろ。動くなよ」

孝郎の言葉が聞こえないのか、それとも聞こえたからこそ、逆にうながされたのか、亜衣は足を前に出し、ガラスの破片を裸足《はだし》の下に踏みつけた。

じゃりっと音がしたと同時に、希久子の足も痛んだ。立っていられなくなり、廊下に腰を落とした。孝郎が、前に出て、亜衣を抱き寄せる。亜衣は抵抗しなかった。

孝郎は、亜衣を両腕に抱え上げ、そのまま階段を下りてゆく。

希久子も、なんとか立ち上がり、階段を下りた。亜衣は寝室のベッドに寝かされていた。孝郎が彼女の足の傷にタオルを当てながら、希久子に怒っている。声が、遠くにしか聞こえない。自分のからだが浮遊している感覚で、妙に現実味がない。

ばか、おまえそれでも母親かっ。そんな声が遠くで響き、孝郎が脇を走り過ぎる。

彼はリビングで電話を掛けはじめた。希久子は亜衣を捜した。ベッドに横たわった亜衣は、きっとぬけがらだ。本物の亜衣は、押入れか台所に隠れているように思う。

亜衣、どこにいるの、わたしの亜衣はどこですか？　戻ってきてちょうだい……。

どけっ。後ろから突き飛ばされ、希久子は寝室の床で膝《ひざ》を打った。その痛みに、さっきまで遠かった音が、耳に戻ってくる。

「車のキーを持ってこい。金と保険証も」

孝郎が、亜衣の足をタオルで縛る。

希久子はまだぼんやりと二人を眺《なが》めていた。

「救急車は……？」

「こっちから連れてゆくほうが早い。病院へはもう連絡した」

孝郎が、亜衣を抱えて、勝手口へ回った。

希久子は、リビングの小物入れから車の鍵《かぎ》と保険証と財布を取り、ガレージに出た。

亜衣を抱えたままで、孝郎が待っている。

「ばか、早くしろっ」

希久子は車のドアを開けた。孝郎が、亜衣を後部座席に横たえる。希久子もそのまま助手席に回ろうとすると、

「いいよ、おまえは」

孝郎が突き放すように言った。希久子の手から財布と保険証を取り上げるようにして、

「それより亜衣の部屋を掃除しとけ。何もなかったようにしておくんだぞ、いいな」

孝郎は、彼女が言い返す間もなく、車を出した。

希久子は、車を見送ったのち、家に戻って、掃除道具をそろえ、二階へ上がった。壊れた人形を拾い、ガラスの破片を新聞紙の上に集めてゆく。亜衣の血が付いたガラス片を拾い上げたとき、涙がこぼれた。

思いあまって、ガラス片のなかに手を下ろした。手のひらで、ガラスの破片を押さえる形になる。手を上げると、ガラスの破片が三つ四つ手のひらに刺さっていた。指先で破片を落とす。血のしずくがゆっくり浮いてくる。この血は、亜衣にも流れているものだと思った。

そのことを亜衣に、夫に、伝えたい。わたしの産んだ子だ、わたしの血が、わたしのからだを通して、流れていった生命《いのち》だ。このことだけは、はっきり誰かに認めてほしい。

希久子は部屋を出た。誰かに誰かにと、気持ちだけが焦る。両親は、弟夫婦と遠い仙台の地に暮らしている。時計を見た。午前四時を回っていた。娘は幸せな家庭を築いていると、両親は信じている。

この時間に話し合える友人も、親戚《しんせき》もいない。試しに、アドレス帳を開いた。だが、午前四時でなくとも、自分のいまの気持ちをすべて話せる相手など、端から端まで探してもいない。

アドレス帳にはさんであった紙きれが、床に落ちた。インターネットで調べた、子どもの問題に関する相談を受け付けている、各機関の電話番号だ。

希久子は、後先を考えずに、受話器を取った。印刷された順番に掛けてゆく。公共機関はどこもつながらない。つながっても相談を終えている旨《むね》の音声が流れる。民間の相談機関も同じだった。どうして誰も出ないの。泣きたいような腹立たしさを受話器を置くたびに感じ、また次の番号へ掛ける。

呼び出し音が虚《むな》しく鳴りつづける。もうだめ、と絶望しかけたときだった。

「はい、思春期心の悩み電話相談です」

温かみのある声が返ってきた。すぐには肉声だと信じられず、黙っていた。

「おつらいことが、あったんですね」

深いところで共感してくれている、そんな想《おも》いの伝わる声が、希久子の耳にしみた。

「こんな時間に、ひとりで心を痛めていらっしゃったんですね。大変でらしたわね」

「いえ……」

しぜんと声を返していた。

「時間のことは少しも気になさらないでね。さあ、いま心のなかにあることを話してみてください」

「……はい、あの、子どもの……友だちのです。友だちの、娘さんのことで」

「ええ。お友だちの娘さんの相談でも、かまいません。でもね、わざわざお電話くださったんだもの。正直になってみません？　ねえ」

「……すみませんでした」

「謝る必要なんて全然ありませんよ」

希久子は、嗚咽《おえつ》を懸命にこらえ、

「なんだか全然、子どものことがわからなくて。親として、何が悪かったのか……でも、間違ったんですよね。わたしが、やっぱりいけなかったんですよね……」

口を開くと、自分を責める言葉ばかりがあふれてくる。もちろん相手に同意してほしいわけではない。といって、そんなことはないと否定され、慰められるのも、本当には理解されていないようで、怖かった。

相手の答えは、すぐにはなかった。

希久子は、息をつめ、耳をすませた。

「ゆっくり聞かせてくださる？」

柔らかな声が返ってきた。「ひとつ、ひとつ、聞かせてください。それから、一緒に考えてみましょうよ」

【七月十八日（金）】

早朝、雨が降った。今年は梅雨明けが遅いのか、少し晴れたかと思うと、また雨がまとまって降ってくる。

浚介が引っ越した古い家は、屋根に数ヵ所、穴が開いていた。寝ていた顔の上に、ちょうど水滴が垂れ、びっくりして起きた。そのあと漏れてくる雨を受けるため、洗面器やどんぶりを出したり、タオルを床に敷いたりと、家のなかを走り回った。

午前中に雨は上がり、今度はからりと晴れて、夏の日差しが戻ってきた。正午を過ぎると、蟬《せみ》の声がうるさくなり、刈り残した雑草が湿りけを得て、いっそう青っぽい匂《にお》いを放つ。

浚介は、小さな虫がきらきら光って飛び交う庭を見て、ため息をついた。杉並署の馬見原に、指を切るぞと注意されたこともあり、新しい鎌《かま》を買った。だが、まだ使わないまま、雑草は伸び放題になっている。庭の草を刈るだけで、きっと一日仕事になるだろう。先の畑へまで手を出せば、さらに数日かかり、そのあいだにまた庭に草が伸びそうだ。

ただし、時間だけはたっぷりある。明日から学校は夏休みに入るが、それとは関係なく、浚介の自宅謹慎は延長されていた。彼の発言がテレビで放送された件が、問題になっている。もしかしたら、秋を過ぎても時間は余ったままかもしれない。

浚介は、新しい鎌を振り、古い傷がそこここにある縁側に、先端の刃を突き立てた。板にとんと刃が刺さった感触は、意外に悪くない。刃を引き抜き、今度はもう少し強く振る。刃がかんっと板に突き立つ。自分が受けた暴力のことが、瞬間的に思い出された。内面に沈んでいた怒りが、急に浮かび上がってくる。

彼を襲った犯人は、まだ捕まっていない。人ごみでパニックに陥る症状は、人前に出ることが減ったために、いまは収まっている。だが、突発的な怒りを抑えきれずに、理由もなく壁を叩《たた》いたり、悪態をついたりすることは、ときどきあった。

もう一度、鎌の刃を板から抜いた。大勢から殴られる自分の、みじめな姿が頭のなかに浮かんでくる。

「ちくしょうっ」

切りつけるように鎌を落とす。いやな音がして、刃が深く板に刺さった。襲われた当時は、軽傷でもあり、実害は大したことがないと思っていた。なのに、被害を受けたという感情は、発散する場もないまま、ゆがみを加え、逆に大きくなっている気がする。精神的な被害から回復するには、時間以外の要素が必要なのかもしれない。

「ちょっと、いいっすか」

いきなり声が聞こえ、浚介は顔を起こした。

庭先に、髪を真っ赤な色に染《そ》めて、ニワトリのとさかのように立てた若者が立っている。耳にピアスをし、Tシャツの袖《そで》をまくって、だぼだぼのジーンズをはいていた。

浚介に、例の恐れが生じかけた。相手が一人のため、なんとかこらえることができ、

「なに」

と、警戒しながら短く訊《き》いた。

「電気屋を頼んだの、ここじゃないすか?」

「あ……そうだけど」

家の電灯の具合がおかしかった。テレビも、自分の放送の件がわだかまって見る気がせず、まだアンテナを直さずにいた。だが、やはり夜は寂しく、四日前に駅前の小さな電気店に頼んだ。クーラーの取付工事で混んでおり、一週間先になると言われていたのだが、

「時間ができたんで、よかったら見ますよ」と、若者が言う。

浚介は相手の姿恰好《かっこう》を見直した。腰に工具の入ったベルトをしていなければ、鎌を手放せなかったかもしれない。

「マジ、ここ住むんすか」

若者が呆《あき》れたように家を見回した。

本当に彼に任せて大丈夫か、浚介は半信半疑ながら、家のなかを案内した。

玄関灯はなく、玄関の内側も広いが、電灯は付いていない。玄関脇《わき》の四畳半の部屋は、いま物置に使っている。中央の、囲炉裏を切った板張りの居間は、一人暮らしではほとんど使い道がない。

居間とつづきの八畳の部屋で、ふだんは寝起きしていた。浚介が前から使っている蛍光灯も、この部屋に取り付けた。だが、配線の具合が悪いのか、ちらつくことがある。居間の奥に二つ並んだ六畳間も、まだ使っていない。台所の照明は暗く、トイレと風呂場《ふろば》の電灯はときどき消えることがあった。夜中に一度、トイレに入っているときに電灯が消え、浚介は恐怖のあまりに悲鳴を上げた。

「かなり広いっすね」

若者が、居間から全体を見渡して言う。ぶっきらぼうだが、柔らかい口調だった。

「ここに、何人で住んでるんすか？」

浚介は、まだ警戒を解くことができず、

「二人……いや、三人」

「へえ。じゃあ、結婚したんすか、先生」

「え……」

「先生っしょ、絵の。巣藤先生。珍しい名前だから、もしかしたらと思ったけど、顔も覚えがあったし、絵の道具もあるから」

八畳の部屋には、イーゼルを立て、何も描いていないカンバスを、インテリア代わりに置いてある。ゴヤやカンディンスキーの複製画と、芳沢亜衣の絵も壁に立て掛けていた。

「じゃあ、きみは……もしかして？」

若者は、細く剃《そ》った眉《まゆ》を動かし、

「ま、半年しか通ってねーから」

「どのくらい前に」

「先生も、確か一年目だったみてえよ」

若者は、電灯の配線を目で追いながら、「ガラでもねえのに、たまたま試験受けたら、なんの間違いか、補欠で通っちまって……。周りについてくのもやっとの上に、喧嘩《けんか》して、説教垂れるゴリまで殴って、退学っすよ。ゴリ、まだいるんすか、生活指導の」

「ああ、いるよ。ゴリって呼んでたんだ」

「見たまんま」

つい好奇心にかられ、

「ぼくは……なんて呼ばれてた？」

若者は、こちらをちらりと振り返り、

「……ピエロ」

浚介は苦笑いをした。だが、微妙に心に突き刺さるものもあり、

「道化者に見えてたかい」と訊いてみた。

若者が、浚介をまっすぐ見直した。声のわずかな変化に気づいたのかもしれない。

「悪い意味じゃないっすよ」

若者が言った。目が優しかった。「確かピカソかな……あと、子どもがクレパスで
描いたみたいな絵、誰だっけ、太い線で」

「ルオー？」

「かな……二つのピエロの絵を、結構リキ入れてしゃべってたの、覚えてないっす

か」

確かにルオーは好きだった。画家を夢見ながら、結果として教職の世界に入ってしまったことに、なおも後悔をひきずっていた時期で、ルオーの素朴さと、ピカソの打ちひしがれた道化の絵が、心象に合っていた。

「あと、ピエロなんとかって、えらく昔の絵描きのことも、リキ入れてたな」

「……ピエロ・デッラ・フランチェスカ」

「覚えてないけど、そんな感じ」

そうだった。イタリア・ルネッサンス初期の画家に、一時期心酔していた。キリスト教関連の絵が有名な画家だが、浚介は、むしろ完璧《かんぺき》な遠近法によってあらわされた、残酷なほどの冷徹な世界観に打たれた。

『笞打《むちう》ち』と呼ばれる絵がある。青空の下で、三人の裕福そうな男が、悠長に何か話し合っている。だが、そのずっと奥の建物内では、裸の男が笞打ちの刑にあっているのだ。裸の男はキリストらしいが、絵は、そうした聖書的な物語や歴史を超え、世界の真の姿を伝えている気がした。

他人の痛みに無関心な世間を、悠然と話し合う三人に感じたし……社会の価値観を揺るがす者は、暴力を使って抑圧しても当然だとする、この世界の多数派の意思も感じ取った。

「ずいぶん自分勝手な授業をしてたろうね」

浚介は自嘲《じちょう》をこめて言った。

「おれは嫌いじゃなかったすよ」

若者が言った。照れてるわけではないだろうが、配線のチェックをつづけながら、

「美術の授業なんて、生徒は誰もやる気がねえのに、熱く語っちゃって。そういうところもピエロっぽかったけど……おれは、受験科目についていけなかった分、楽しみだったな」

「失礼だけど、名前はなんて?」

「鈴木《すずき》渓徳《けいとく》っす。親父《おやじ》が釣り好きで、渓谷《けいこく》って付けたかったみたいだけど、お袋は金に困ってたから、聖徳太子にあやかろうとして、むりやり掛け合わせたみたいっすよ。変わっちゃいるけど、覚えてないっしょ」

彼の横顔には、少し期待しているところもあるように感じられたが、

「……申し訳ない」

心からすまなく思った。

「いいっすよ。あんな大勢いて、半年でやめた奴《やつ》なんて、覚えてないほうが当たり前

だから」

「いや、できる教師ならきっと覚えてるよ」

「いまも、あの学校にそのままっすか」

彼が電灯のスイッチを着けたり消したりする。

「ああ……でも、クビになるかもしれない」

正直に答えた。

「マジっすか。で、どうするんですか」

「まだ何も考えてないけどね」

「へえ……奥さん、何も言わないんすか。うちだったら、大喧嘩っすよ」

彼がトイレへ入ってゆき、風呂場のものと一緒に配線を確かめるようだった。

浚介は、彼の作業を見守りながら、

「鈴木君……結婚してるの」

「ケートクでいいっす。みんなそう呼ぶから。ガキもいますよ。三歳と〇歳児、どっちも坊主《ぼうず》で。できちゃった婚だから」

「……いまきみ、二十三かな」

「二十二っすね。十二月までは」

「大変だねぇ」

「マジきついっすよ」

「でも、えらいよ。家族をしっかり養って」

「えらかないっすよ。外に出すとか、ゴムつけるとか、ちょっとの我慢ができなかっただけだから」

　へへへと、ケートクが苦笑する。

「じゃあ、先にアンテナ直しちゃいます」

　彼が外へ出るのに、浚介もあとを追った。

　玄関前にワンボックスカーが止めてあった。ケートクは、車の屋根に積んである伸縮式のはしごを外し、家の外壁に立て掛けた。

「何か手伝おうか」

「じゃあ、はしご支えてもらえますか」

　彼が、針金やコードなどを持ってはしごをのぼり、器用に屋根を伝ってゆく。

「今朝の雨で濡《ぬ》れてるから、気をつけて」

「こう見えても、プロっすから。先生、小さい穴が空いてますよ。雨漏りしたでしょ。ふさいどきますよ」

危険な屋根の上で作業をはじめた彼を見ていて、浚介は嘘《うそ》がつらくなった。はしごに手を掛け、相手の顔は見ずに、

「先生なんて呼ぶな。巣藤でいいよ。あと、結婚はしてない」と、声を張った。

「へえ。じゃあ、友だちと一緒っすか」

相手の声だけが返ってくる。そのほうが打ち明けやすく感じられた。

「いや、一人で住んでる。実は……襲われたことがあるんだ、数人の若い、金髪でピアスをした連中に。いまも、そういう連中を見ると、からだが強張《こわば》って、あぶら汗が出てくる。きみを見て、似たような恰好だったから、つい警戒して、つまらない嘘をついた。外見で判断した。……すまない」

短く間《ま》があって、

「べつにいいっすよ。こっちも、そういうリスクわかってて、やってることだから」

浚介は、ほっと息をつき、バス停前の自動販売機で、缶コーラでも買ってこようかと思った。頭の上から、笑う声が聞こえてきた。

「変わらないっすね。嘘こいたままでよかったでしょ。あだ名、生きてますね」

浚介もつい苦笑した。

「殴られたんすか」

「ああ。酔ってて、やられっ放しさ。みじめなもんだ。きみならきっと殴り返すんだろうな」

「そっすね……殴り返して、死んでるかもしれないっすね」

　これまでと違う、真剣な声が返ってきた。

「……どういうこと」と、浚介は訊《たず》ねた。

「そういう連中は、絶対に誰か刃物を持ってますよ。殴り返してるあいだに、背中から刺されて終わりっすよ。向こうは長くて二年の刑だし。抵抗しなくて正解です」

「いいよ……慰めてくれなくても」

「慰めなんて言わないっすよ。先生……巣藤さんか……不良がみんな売られた喧嘩、買ってると思うの？　大半は逃げるんすよ。逃げて、みじめだから、そのうっぷんを、抵抗できそうにない誰かにぶつけるんです。みじめさを、簡単に晴らそうとしねえで、抱えて生きられる人間のほうが、おれは偉いと思うな。ダチの葬式は、本当、きつかったからね。十八んとき。おふくろさんにえらく泣かれたな……」

　金属のふれ合う音がしばらくつづいた。やがて、その音が止まり、

「バカやってた頃から、みじめなことは一杯あるんすよ。学校で授業についていけないのも、そう。好きな子の前で、おまえなんか将来犯罪者だって教師に言われるのも、

そう。履歴書見せただけでバイトを断られるのも、職場の先輩にいびられるのも、そうっすよ。いろんな悪さで、それを晴らしてきたんす。晴らして、一応笑ってるけど、本当に楽しかったわけじゃない。暴走なんて、ヤクザに上納金払って、走らせてもらってた状態だったしね……。おれは、いやな目にあっても、余裕余裕って受け流せる自分になれねえかなあって、よく考えましたよ。いまだって、高級そうな店に入ると、うさんくさそうに見られるし。こないだも、カミさんの誕生日に、小洒落《こじゃれ》たレストランに行ったら、テーブル空いてるのに満員だって言われて……」

「そういうとき、いまはどうしてるの？」

「まあ、ガキもいるからね、なんとか我慢してるけど……。あと、最近走ってんですよ。単車じゃないっすよ。てめえの足で、夜中に五キロくらい。いやなことあっても、ぜえぜえ言ってるうちに、飛んでくし。あれ……誰かこっちに来るみたいっすね。なんだか、ハクい感じの女の人だなぁ」

浚介は半信半疑で表へ回ってみた。

白いカットソーに、紺色のパンツをはいた女が、確かにこちらへ歩いてくる。職場の同僚であり恋人の清岡《きよおか》美歩だった。話し合わなければと思いながら、いつもの優柔不断で、ずっとそのままになっている。彼女が電話もせず訪ねてきたことに、戸惑い、言葉のかけ方に迷った。

「ここなの？」

美歩が、彼の背後の家を見やり、眉をひそめた。すぐにその眉を開き、軽く会釈《えしやく》をする。浚介が振り向くと、屋根の上でケートクが手を振っていた。

「何してるの、あの人……」

「借りる前に倒れたままだったアンテナを、直してくれてる。少し戻ってもらってもいいかな。彼にコーラでも買ってこようかと思ってたとこなんだ」

彼女を押し返すようにして、バス停のある大きな通りのほうへ歩きだした。

「いま頃、アンテナ？　じゃあ本当に、あのテレビを見てなかったの……信じられない」

美歩が責めるように言う。彼女の言いたいことはわかった。

浚介は、彼と芳沢亜衣に対する校門前での取材の様子が放送される前に、テレビ局へ何度も電話した。だが、取材スタッフは外部のプロダクションから来ていたらしい。テレビ局は話がわからないと言い、制作プロダクションは担当者がいつも留守だった。折り返し電話が来るはずだったし、少なくともこちらに確認してから放送するものと考えていた。

だが実際は、浚介にも学校側へも、事前の連絡はなかった。午後三時過ぎに一度だけの放送だったが、生徒の保護者が数多く見ていたらしい。また、浚介や亜衣の発言に、怒りや疑問を抱いた一般視聴者も多くいたようで、放送直後から、学校に対して非難や質問の電話が鳴りつづけ、教育委員会からの問い合わせもあって、学校は対応に追われたと聞いている。

「いまも、非難の電話や手紙が来てるし、あなたの言う学校側の責任に関して取材の申込みが来てる。担任だったわたしなんて、ずっとダメ教師扱いで、このまま下手したらクビよ」

「きみは関係ない、全部おれの責任だ」

「そりゃそうよ。でも、どう責任とれる？　学校の職員に、保護者、卒業生……みんなに迷惑かけたのよ。生徒たちだって可哀相《かわいそう》よ。せっかく入った学校のイメージ、勝手に下げられて。軽々しく責任なんて言わないで」

しばらく何も話さないで歩いた。

「……確かに、悪かったよ」

墓が見えてきたところで、独り言のようにつぶやいた。

「まだ気取ってんの」

美歩が鼻で笑う。

浚介は、塀の上に出ている卒塔婆《そとば》の先端を横目で見て、

「悪かったと思うのは、テレビなんかに軽率に話してしまったことで……学校側にも、教師にも、いまも問題はあったと思ってる」

「どんな問題があるって言うの」

簡単に説明できることではない。また少し、話をせずに歩いた。

浚介は、川の見える場所まで来て、橋のたもとで足を止めた。

「実森勇治のことさ。彼は死んだんだ」

「わたしのせいだとでも言いたいの？」

「そうじゃない」

美歩も傷ついているのだろう。見開いた目が、こまかくふるえている。浚介は、彼女から目をそらさずに、

「テレビのことで迷惑かけたのは、確かに申し訳ない。だけど、学校側が何も関係ないと済ませるなら、また同じような生徒が出て、似た事件が起きるかもしれない。いじめの問題と同じ構図さ。遺憾だ、調査する、検討する……。最後に冥福《めいふく》を祈って終わりだ。そのくせ、どの生徒がいつ、どこで亡《な》くなったか、次の年にはもう忘れてし

まってる。祈ることも、本当の反省もなく、やがてまた繰り返されるんだ」

「問題を飛躍させないで。実森君の事件と、あなたの学校批判に何の関係があるの。こじつけでしょ。だいたい担任でも受験科目を教えてるのでもないから、甘いことが言ってられるのよ。落ちこぼれるのを恐れて必死になってる生徒と対峙《たいじ》して、親たちのとんでもない要求や不満も聞きながら、合格目標を達成する、そんな現場を実践してみるといいのよ。ゆとりを訴えてる省庁や、学歴を批判してるマスコミ自体、高学歴の人間をとってるのが現実でしょ」

「このままで本当にいいのか？」

「いい悪いなんて関係ない。もうこうなっちゃってんだから。人ももうそれに慣れてるのよ。いまのやり方に欠陥があっても、多くは適応してるでしょ」

「適応できた優秀な子は、成長してから、何も問題は起こさないのか。過労死や過労自殺が増えてる。心の病で倒れる企業人も多い。医療関係の事件や経済事件の中心にいた人間は、かつて優秀な生徒じゃなかったのか」

「生徒に勉強を教えることが、わたしの仕事でしょ。社会がどうとか言われて、何ができる？　教師の数は減らされて、そのくせ求められることは、どんどん増えてる」

美歩が疲れたように首を振り、「同級生で教師になった子が、忙し過ぎて、流産した末に、離婚した。自分の子どもに暴力をふるわれて、結局その子を殺してしまった教育者の夫婦もいた……家庭を犠牲にしてまで頑張ってる教師は多いのよ」

「だから、それでいいのかって……」

「だったら、あなた自身がこの状況を変えてから言ってよ」

苛立《いらだ》たしげに欄干を叩《たた》いて、美歩が歩きだした。橋を渡ったところで、足を止め、

「あと、顔は隠れてたけど、芳沢亜衣のことも問題になってる。ほかの生徒が、取材現場を見てたから。あなた、そばにいたんでしょ、どうして止めなかったの」

「芳沢は、テレビのことを何て言ってる？」

「何も。彼女は、あの日以来ずっと休んだままよ」

浚介は、テレビの取材を受けた日のあとしばらくして、亜衣の家を訪ねた。母親が現れ、娘は風邪気味だと言った。それから二度ほど電話を掛けたが、やはり亜衣には取り次いでもらえなかった。

「あなた、あの子と何かあるの。生徒たちが、あなたと芳沢亜衣が言い合うのを見て、変な感じがしたって言ってる。授業のあと、彼女を呼びとめようとしたこともあったらしいけど」

「春先の件があるから、悩みはないのか、聞こうとしただけだ」

「わたしには、どうでもいいことだけど」

美歩は、投げやりに言って、川のほうへ視線をやった。足もとの小石を拾い、川へ投げる。水の音はしなかった。彼女は、不意に皮肉っぽく笑い、

「笑っちゃうよ、急に責任感あるようなこと言って。散々わたしたちの問題から逃げてたくせに」

浚介は彼女の横顔を見つめた。

「時間を、少しくれないか」

長く考えていたことを、思い切って口にする。「いま、自分にとっての一番の責任は、確かに二人のことになるだろう。家庭を持つことを、ためらう気持ちは、正直まだ残ってる。でも、自分に課せられたものなら、いつまでも逃げていずに、引き受けてゆくべきだって、そう考えてるのも本当だ。時間をかければ、少しずつ、自分を変えていける気も、いまはしはじめてるところで……」

話が終わる前に、美歩が顔をしかめ、わざとのように少し声に出して笑った。

「ばかにしてる。とことん人を傷つけることが怖くなっただけの話でしょ」

違う、と言いかけた。さえぎるように、美歩はバス停のほうへ歩いてゆき、

「第一、職も失うのに、責任なんて言ってられる？　学校にはもういられないよ」

「今度のことで、クビまでは無茶だろ」

彼女の背中に言う。

「理由はいろいろつけられるでしょ。夏休み明けで、きっと最後じゃない？」

「粘るさ。だめなら、仕事は探す」

美歩はバス停の前で止まった。バス停の支柱に肩をもたせかけ、長くため息をつく。

「実森君のこと……いまも自分を責めてる。ずっと悩んできた。苦しんできた。なのに、一番味方になってほしい人から責められるなんて、思ってもみなかった」

「きみのことを責めたわけじゃない」

「入ってるでしょ。社会だなんだって、わたしのことも責める気持ちはあったでしょ」

美歩は、涙をこらえてか、唇を噛《か》み、「そんな資格ある？　家族はいらない、厄介だ、みんな過保護だって、散々文句言っといて……自分がまいってきたから、今度は、社会はもっと何かしろ、自分には時間をくれって。自己中心もいいとこじゃない。そっちが考えてるあいだ、周囲は動きを止めてるとでも思ってんの？　わたしだって考えるのよ。ひどいこと言われて、今回のことでは味方にもなってくれない、そんな人と先々うまくやっていける？　だから……終わりにしよう」

とっさに意味がつかめなかった。

「直接会って、はっきりさせるために来たの。これからは、友だちでもない。こんな友だち、いらないから。いいよね？」

美歩が強い視線で彼を見つめる。

「待てよ。だって……」

浚介の声は、はっきりした音にならない。視界の隅に、バスの姿が見えてくる。

「でも、子どもは……」

かろうじて、それだけ言葉にできた。

「……安心すれば。来たから」

美歩が顔をそらした。だが、すぐにいまいましげに首を振り、

「はじめから嘘《うそ》。ずっと順調」

バスが二人の前で止まった。扉が開く。美歩が、バスのステップに足をかけ、

「でも、謝らないから」

背中を向けたままで言った。

扉が閉まり、バスが走りだす。

浚介は、どんな感情も湧《わ》いてこず、バスが見えなくなってもまだ、同じ場所に立っ

ていた。反対方向のバスが走り過ぎていったあたりで、長々と吐息をつき、自動販売機で缶コーヒーとコーラを買って、家へ戻った。

屋根の上に、アンテナが立っていた。だがケートクの姿はない。玄関の戸を開け、彼の名を呼ぶ。庭のほうから返事があった。

「こっちっすよ」

声がしたのは、縁側のところだった。

ケートクは、縁側の前にうずくまり、懐中電灯で縁の下を照らしている。

「こいつが、屋根の穴の近くで何匹か死んでたんすよ」

ケートクが、手袋にのせたものを、浚介に差し出した。

羽蟻《はあり》だった。ひからびたようになって死んでいる。

「つき合いのある工務店の話だと、羽蟻の一部は白蟻みたいっすよ。古い家だから仕方ないけど、早めに消毒しといたほうがいいっすね」

杉並署の馬見原からも同じことを言われたのを思い出し、

「やっぱりしなきゃ、だめか……」

「消毒会社に頼むと、けっこうすると思うけど、工務店に安いところを聞いてみますよ」

「頼めるかな」

並んで縁側に腰掛け、コーヒーとコーラ、どちらでもと差し出した。

ケートクはコーヒーを選んだ。

「いまの、巣藤さんの彼女っすか」

「いや……違うよ。友だちでもない」

浚介はコーラの缶を開けた。泡が吹き出し、慌《あわ》てて口をつける。

ケートクが、手のなかで缶を転がし、

「消毒の件だけど、自分たちでやったらどうっすか。薬は管理者が必要だけど、指導だけしてもらって。人件費、浮くと思うんすよ」

「悪いよ、そんなの」

「ついでに家も改装しませんか。照明も各部屋につけちゃったりして」

彼が急に熱く語りだしたのが妙で、

「何を企《たくら》んでる」

と、冗談っぽく訊《たず》ねた。

ケートクは、コーヒーの缶を開け、

「家も庭も広いし、人を呼ぶのにいいんじゃないかって……。前から気の合う連中が、家族も連れて一緒に集まれるようなところ、探してたんですよ。いまさら道端ってわけにいかねえし。店だと、チビたちがうるさがられるしね」

「うちを、きみたちの巣にする気はないな」

「悪さするためじゃないっすよ。普通に人と会って話すのも、いま難しいんですよね。ともかく、照明器具、うちで引き取った処分品とかを持ってきますよ。そうだ。いっそ絵画教室を開けるようにリフォームしたらどうっすか」

浚介は、慌てて手を振り、

「よせよ、そんなの。ここは借りてるだけなんだし」

「雨漏りも倒れたアンテナもそのままだったんすよ。ちょっとくらい手を入れてやるのは家のためだし、大家も喜びますって。絵の教室やるなら、おれは習いたい気がありますよ。うちのチビたちと一緒に通ってもいいな」

浚介は苦笑して、家の手入れの件はともかく、絵画教室は断った。それでも彼と話していると、沈みかけていた気持ちがかすかに晴れる。最近こんな風に、なんの気がねもせず、人と話したことはない。

ずっと会っていない弟のことを思い出した。いつかは弟と、できればこんな風に話してみたい。

浚介は、ふとケートクのほうを見て、

「……これ、さわってみていいかな」

真っ赤な髪を指さした。

彼は、戸惑った表情ながら、

「いいっすよ」

と、頭をこちらへ向けた。

浚介は、手のひらでそっと、とさかのように立った髪の先にふれた。つんつんと硬くとがっているが、軽く撫《な》でてみると、中央付近は思ったよりも柔らかい感触だった。

ケートクがくすぐったそうに笑った。

「どうっすか」と訊ねる。

「うん……悪くないね」

「やってみます？　おれがセットしますよ」

かんべんしてくれ、と浚介は笑った。内側のかたくなな強張《こわば》りが、ほんの少し、溶けてゆくような心持ちがした。

【七月十九日（土）】


椎村英作の自宅へ通じる路地の前で、タクシーが止まった。助手席に座っていた椎村は、運転手に料金を払い、先に外へ出て、

「足もと、気をつけてよ」

後部座席の父が、道に立つのを手伝った。

椎村の父は、近所の様子を眺め、

「変わらないな」と言う。

「そりゃそうよ、まだ四ヵ月じゃない」

椎村の母が、後ろから支えながら答える。

父は、ベッドに横になっている時間が多く、足の筋肉が衰えていた。

「一人で歩くのは、危ないよ」

椎村は、父に付き添った。家までの路地は、ところどころアスファルトがはげ、でこぼこになった部分が多い。

「いや、平気だ。平気だから」

父は、うっとうしそうに言って、杖《つえ》を使い、ひとりで歩いてゆこうとする。さほど進まないうちに、くぼみに足を取られ、からだが傾いた。

椎村が慌《あわ》てて支えた。

「ほら、無理だったら」

「もっといい杖があればな」

父が悔しそうに言う。

「あら、ご退院ですか？」

通りかかった隣人が声をかけてきた。

父は、とっさに笑顔をとりつくろい、

「留守中、いろいろとお世話になってます。ちょっと家が気になったもので。一時的なもんなんですよ」と、頭を下げた。

椎村から見ても、父は随分とやせた。隣人の目にもそれは明らかだったはずだが、つきあいの長い隣人は、あえて口にせずにいてくれた。椎村の母が、隣人と立ち話をはじめたため、彼は父と先に自宅へ向かった。

「相変わらず、あの人は話が好きだな」

父が小声で言う。

椎村は、苦笑しながらも、一方で、父のからだの軽さに、もの悲しさをおぼえた。柔道の高段者である父は、子どもの頃の椎村が、兄と一緒にぶつかっていっても、びくともしなかった。軽く手をひねられただけで、ごろりと椎村たちは転げ、それが面白くて、何度も父に当たっていった。もう疲れたと、父が畳や草の上に横になっても、椎村たちは許さずのしかかってゆこうとし、父は笑いながら子どもたちに寝技をかけたり、巴《ともえ》投げの恰好《かっこう》で宙に持ち上げ、揺さぶってくれたりした。

その父が、まだ六十そこそこなのに、一人では歩けない。

「相手の人は、もう来てるのか」

父が訊《き》く。緊張しているのか、声が固い。

「まだなんじゃないかな。約束の時間には、あと二十分ほど間《ま》が……」

椎村が答えかけたとき、自宅の玄関先に大野の姿が見えた。大野もこちらに気づいて、丁寧に頭を下げる。父が挨拶《あいさつ》を返した。

椎村たちは、まず家に上がり、大野を招き入れた。母が茶をいれ、時候と病院の話題、病状については深入りしない程度に話されたあと、ようやく大野の用件に移った。

「ともかく、見ていただきましょうか」

くわしい説明を省いて、大野が言った。

父はひとりでは庭に下りられず、大野と椎村が手伝った。大野が古い毛布を縁側の下に敷き、父がその毛布に腰を下ろすのを、椎村は母とともに支えた。

「では、見てください」

大野が、縁の下に業務用の強いライトを当てた。床下の状態が、鮮明に浮かび上がる。椎村が先日、蟻道《ぎどう》があると教えられた柱に、直径一センチ程度の穴が、一定の間隔であけられ、穴の周囲に黒い染《し》みが浮いていた。別の柱にも、同様の穴と染みが見られる。

「土台や大引《おおびき》、根太《ねだ》と呼ばれている家を支える木部に、まずドリルで、あのように等間隔で穴をあけるんです。そこに、油剤《ゆざい》と呼ばれる消毒薬を注ぎ込みます」

大野が、足もとに置いてある、細いノズルのついた噴霧器に似た道具を、軽く持ち上げた。銀色のタンクのなかで、液体が揺れている。

父は、その液体をじっと見つめて、

「これはどのくらい効果があるんです。すぐによくなりますか」と、低い声で訊《たず》ねた。

大野は、落ち着いた態度でうなずき、

「この薬には即効性があります。白蟻がふれると、すぐに死にます」

「ほう、それは……」

　父がため息をついた。

「しかし、白蟻は床下だけでなく、その巣自体を退治する必要があります」

　大野が、今度は床下の土を照らして、「土壌消毒のために、MC剤をまきます。マイクロ・カプセルの略で、ほんの小さなカプセル状の薬です。土壌に、液状の乳剤のようなものをまくのですが、液にたくさんのMCが混じってます。その上を白蟻が歩くと、からだにカプセルが付着し、巣まで持ち帰るわけです。巣のなかで、白蟻たちがカプセルをかじったり、潰《つぶ》したりして、からだに入れ、死んでしまう……。これは遅効性で、巣を撲滅するために使います。土壌からの再侵入を防ぐ予防効果もあるんですよ」

「じゃあ、それで完全によくなるんですね」

　父の声には、強い期待がこめられていた。

　大野は、経験豊かな医師にも似た、謹厳かつ優しげな態度でうなずき、

「今後も、定期的な消毒と検査は欠かせません。弱くなった柱には、もしかしたら補強材が必要になる場合も出るでしょう。ですが、基本的には今回の処理と定期検診で、あと二十年、また三十年と、家は生きつづけられると思います」

その言葉を聞いて、父は感慨深そうに家全体を見回した。支えている椎村にも、父のからだに力が戻ってくるのが伝わる。

「あの、でも、副作用のようなものはないんでしょうか。やはり薬ですから……」

母が訊ねた。

大野は、からだを起こして、一度深呼吸をしてみせた。

「もちろん直接吸い込んだり飲んだりすれば、大変なことになります。しかし、今回の作業を終えたのは、一週間前です。お留守のあいだに、風のない、ご近所にも迷惑のかからない時間におこないました。もう問題ありません。ただし、薬は低臭性で、まったく無臭とはいきません。時間が経《た》てば消えるものではあります。先ほど室内で確認しました。大丈夫のように思いましたが、いかがでしたか」

「ええ、気がつきませんでした」

母が答えた。

父が、鼻をうごめかし、

「少し、縁の下のほうから灯油に似た臭《にお》いが漂ってくる気がしますね」

「鼻がよろしいですね」

大野が頬をゆるめた。「油剤は基本的に有機りん系の薬剤で、色々な薬を混ぜて作られますが、九十パーセントは灯油なんです」

「あら、じゃあ火事になりませんか？」

母がびっくりした顔で訊く。

「燃えたりはしません。成分が使われているだけで、灯油とはべつものですから」

「わかりました。いや、はっきりこの目で見て、安心しました」

父が固かった表情をほころばせた。椎村と、自分の妻のほうへ笑いかけ、

「なんだか、自分のからだもよくなる気がしてきたよ」と言う。

椎村たちも思わず笑みを返した。

父は、大野に対して頭を下げた。

「ありがとうございました。わたしのからだにも、同じ薬をまいてほしいくらいです」

大野は、冗談めかした父の言葉を笑わずに、

「人のからだも、家も同じです。早期発見、早期治療、そして定期検診が大事です。家族の支えが必要なのも同じですよ。その点、椎村さんは、お子さんがしっかりなさってるし、家族の支えは大丈夫ですね」

「いや、どうですか……。確かに今回はよくやってくれて、正直驚いてます。もとも

と優しいところはあった子ですが、そのぶん頼りないところもありまして」

「いえ、立派なお子さんですよ」

椎村は、表情に困りながらも、もっと自分のことを話してもらいたい心持ちだった。

「仕事も、いい上司に恵まれてるようだから、あとは結婚して、明るい家庭を持ってくれれば、親としてはもう……」

「そうねえ」

と、母が合いの手のような吐息をつく。

「ぜいたくですかねえ」

父が、大野を見ながら、しかし言葉は椎村へかける形で言った。

「そうですね。人によっては、ぜいたくと聞こえるかもしれませんね」

大野がほほえむ。

「もうあと少しの、強さですね……もう少しだけ、強くあってくれたらと願いますよ」

父は、誰にというのでもなく、暗い声でつぶやいた。

椎村は胸騒ぎをおぼえた。告知はまだしていない。だが、父はもう病状だけでなく、死期についても知っているのではないかと恐れた。

父を居間に戻したあと、椎村は裏の駐車場まで大野を見送りに出た。

「本当にありがとうございました。おっしゃった通りにしてよかったです」

「なによりでした」

大野は、ミニバンの後ろに、毛布やライトをしまっていた。

今回、父に直接、家の消毒状況を見せたほうがよいと勧めてくれたのは、彼だった。想像するだけでは不安が増す、現実は意外にあっさりしたもので、どんなにひどい状況でも、知ってしまえば、不安に代わって、具体的に立ち向かう方法を考えはじめられるものだと、彼は言った。

「自分で実際に確認して、本当に安心したみたいです」

「人を苦しめるものは、往々にして、目に見えない何かなんですよ。暗闇《くらやみ》のなかでの想像は、たとえ愛してる人でも、怪物にしてしまうことがありますからね」

大野は、後部のドアを閉めて、椎村を振り返った。

「さしでがましいのを承知で申し上げますが、告知も考えられては、いかがです？」

と、彼が言う。

すぐには言葉が出なかった。大野の視線を胸苦しく感じる。

「言ってほしいというサインを、お父さんは出されていたように思いましたよ」

「本当ですか。父がですか……」

「今回、家の状態に納得され、心が落ち着かれたのは、現実を把握できたと同時に、家族全員でそれを共有できたからでしょう。自分ひとりが背負わなくてもよいとわかり、ほっとされたんだと思いますよ。病気のことも、隠されたままでいるより、家族と共有できれば、厳しい現実でも耐えられる……そうお思いではないのかな」

「父はさっき、もう少し強くあってほしいと、そう言いましたね。あれですか?」

大野が首を横に振った。

「強い弱いは、簡単には言えません。人はそれぞれ、或《あ》る状況には強いけれど、別の状況には弱い、そういった生きものです。あなたも、あなたのお父さんも、或る場面では強く、別の場面では弱い。誰かを支える力もあれば、誰かに支えてもらわないと倒れてしまう……支えるというのは、実際に手を貸すことだけではないと思います」

大野は運転席に乗り込んだ。椎村が近づくと、彼は窓を下ろし、

「自分のつらさ、痛みを、勇気を持って共有してくれる誰か……それが家族というものかもしれません」

椎村は、去ってゆく車に、深く頭を下げた。家へ戻ると、父は晴々とした表情を浮かべていた。少し時間は早いが、風呂《ふろ》に入ってビールを飲み、寿司《すし》でもつまんで、テ

レビでサッカー中継を見たいと言う。

父は、学生時代に野球部に入っていたこともあり、ずっと野球好きだった。それが数年前、ヨーロッパから来たサッカー選手の高い技術を見て、趣味を変えた。ことに、その選手の故国が、他民族を虐殺《ぎゃくさつ》した罪で空爆を受け、本当に罪のある政治家や軍人でなく、市民や子どもが多数死亡したと報道されるなか、懸命に日本でプレーしつづける姿に打たれたらしい。ヨーロッパの悲劇が、彼のおかげで遠いものじゃなくなったよと、父は前に語っていた。

椎村は、父を手伝い、一緒に風呂へ入った。たぶん小学生以来だろう。中学生になるともう、親と風呂に入ることはなくなった。

「仕事は、実際のところ、どうなんだ」

父が、背中越しに訊ねてくる。

かつては大きく感じていた背中だった。いまはやせて、肉もたるみ、張りもない。身長も体重も、すでに椎村のほうが超えている。なのになぜだろう、やはり目の前の背中はやせたなりに大きく感じた。

「やっぱり大変だね、刑事は」

その背中を流しながら答える。

「馬見原さんは、厳しいだろ」

「うん……でも、変わった人だよ」

「変わり者と呼ばれるくらいでないと、凶悪犯をそうそう捕まえられやしない」

「だろうけど……命令違反もたびたびするし、あの人から本気で学ぶのは大変だな」

「おまえは、いま何を追ってる」

「前に話したでしょ。ペットの死骸《しがい》が、家の前に置かれてゆく事件。一軒家だけじゃなくて、マンションの前にも置かれてたんだ。いたずらにしては度が過ぎてるよ」

「子どもの頃、おまえは、仔犬《こいぬ》を拾ってきたな。近所の飼い犬だったから、飼えずに、泣いた。覚えてるか？」

「……泣いちゃいないよ」

「あの頃のおまえの前に、仔犬の死骸が置かれたら、どんな気がする？　これは動物愛護の範疇《はんちゆう》ではすまされん問題だ。法の適用は検察の仕事だが、おまえは、心に傷を残す子どもが出ないよう、力を尽くさにゃいかん」

父は、桶《おけ》にくんだ湯で、自分の顔をざっと洗った。そのまま彼はうつむいて、

「だが……無理はするなよ。馬見原さんによく教えてもらえとは言ったが、怪我《けが》をして、おじたら、引くことも考えろ。おまえには、おまえに合った道がある。恐れを感

母さんを悲しませても、つまらん」

　椎村は父の背中のくぼみを見つめた。巡査時代、犯人逮捕のときに背中を傷《いた》め、治療のために、お灸《きゅう》を何度も受けた跡だと聞いている。大人の親指くらいの跡だった。

「怪我をして勲章をもらうより、小さな仕事を誠実につづけるほうが、尊い場合もある」

　父の言葉を聞きながら、椎村は自分の親指を、父の背中のくぼみに当ててみた。すっぽりきれいに、指が収まる。

「……お父さん、あとで話があるんだ」

　父が顔を起こした。こちらを振り向こうとして、しかし途中で思いとどまったらしく、

「そうか……」

　彼はふたたび顔を洗った。しばらく考える様子を見せたのち、

「話は、ビールを飲んだあとでも、いいんだろ」と、笑《え》みを含んだ声で言った。

　椎村は、親指で父を少しだけ押し、

「……サッカーもゆっくり見てよ」

「サッカーかぁ。本当を言うと、お色気番組がいいんだよな。病院じゃなかなか見ら

れない」

椎村は、父を湯船に入れ、風呂を出たあとは母に任せた。親子三人で食卓を囲み、ビールを抜く。グラスからあふれた泡に、父はもったいなさそうに口をつけた。

離れて暮らしている椎村の兄からも、電話があった。

父は、孫としばらく電話で話し、

「そうか、じいちゃんに会いたいか」

と、何度も嬉《うれ》しそうに笑った。そのあと、サッカー中継を見ながら寿司をつまみ、

「ありがたいもんだな。世界にはちゃんと食べられない人もいるのに、申し訳ないね、本当に幸せだ」

と、しつこいくらい同じ言葉を繰り返した。

【七月二十二日（火）】


「だいぶ少ないようだな」

馬見原は、手のひらで封筒を量り、長峰を見た。たぶん三十万というところだろう。

杉並署では十九日の土曜、賭博《とばく》と売春斡旋《あっせん》の容疑で、古い商業ビルのワンフロア、三室の摘発をおこなった。内偵におこたりはなかったが、結局証拠となるものは発見されず、公務執行妨害で二人を挙げただけに終わった。空振りつづきの捜索に、幹部たちは不快感をあらわにしている。

「あの場所は売上げが落ちてたんですよ。全体のバランスもあるんで、そんなところでご理解ください」

長峰がとぼけた表情で答える。

「理解できんな」

馬見原は、封筒をテーブルに放り返し、「一度挙げられてみるか。いつもおまえんとこだけが空振りで、さすがに上からも疑われてる」

長峰が、あきらめたように吐息をつき、自分のデスクのほうへ立っていった。

「そんなに金、金って、何に使うんです。新しく家でも建てますか」

「てめえがそんなに出してるかよ」

長峰が、別の封筒を持ってきて、先の封筒の上に重ねた。

「どうです。ガキを雇うことを見逃してくれませんか。小学生とは言いませんよ。十四歳までラインを下げてくれたら、新しい家のローン分くらい、毎月出しますよ。奥さんも喜ばれるでしょう」

馬見原は、鼻で笑って、夏背広のポケットに封筒をしまった。

長峰が、立ったまま高級煙草《たばこ》をくわえ、

「馬見原さん、偽善でしょう？　世界には、もっとひどいことがあふれてますよ」

「世界なんぞ知るか。おれは、ガキが排泄《はいせつ》の道具にされるのを見たくないだけだ」

「いまどきの娘のほうが、男を金を出す道具としか見てませんよ。別の縄張りじゃ、小学生の娘まで雇ってる。もっとひどい話もご存じでしょ。馬見原さんの庭でやってなくても、結局は意味がない」

「いや。おれの前から消えればいい」

「そんなのただの自己満足じゃないですか」

「なんだって、つきつめりゃあ自己満足さ」

「ニュースをご覧なさい。判事や教師や公務員が、中学生を金で買って、捕まってますよ。つまり血税が、子どもの買春《かいしゅん》に使われてる国なんだ」

「おまえこそ、あきらめろ。ガキのナニで看板支えてゆくつもりか」

「ボランティアですよ、うちらは。子どもがからだを売ろうなんて、わたしの経験からして、まず家で虐待《ぎゃくたい》されてます。帰る場所もなく、人も信じられず、自暴自棄になってる子たちに、ひとまず安心して稼げる場所を提供してやりたいんですよ。経営の仕方も教えて、三十になったら店を一軒持たせてやるつもりでいるんです。自立の手伝いですよ。表社会のどこが、彼女らを助けます？　排除して、見捨てて、白い目で見るだけでしょ」

「おまえら、西の縄張りじゃあ、政治家や大企業のおやじに、十二、三歳のガキの本番を見せてんだろ。話が流れてきてるぞ」

「……さあ、知りませんね」

「不法入国の外国人の子どもを、二束三文で取り上げて、裏で斡旋《あっせん》してるって話はどうなんだ？」

「そりゃ、大陸か島関係の連中でしょ。あっちは、昔からガキの回しが凄《すご》いから」

馬見原はソファから立った。

「なんと言おうと、ガキは認めん」

「金が欲しいって、ガキのほうが来ちまうんだから。ガキに金を使わしてなんぼになってるいまの社会を、取り締まったらどうなんです」

「それを公約に、選挙に出ろよ。一票入れてやるぜ。あと、金はこれじゃあ足りねえな」

「長生きしますよ」

「あいにく、する気はない。ただ、金については条件次第で考えてやろう」

「なんですか」

「油井《ゆい》と話をつけたい。おれを脅すような真似《まね》をしやがった」

「うちは関係ないです。油井の兄貴には、東京以外で暮らすように言ってありますから」

「おれが話をつけたほうが手っとり早いし、組にも都合いいだろ。今回足りない分は、油井への電話賃だ」

長峰の店を出たあと、銀行の出張所で、封筒の金を二つの口座に預金した。

強い日差しのなか、窃盗事件の簡単な裏を取り、夕暮れ前に署へ戻った。刑事課の部屋にクーラーは効いておらず、婦人警官が活《い》けた花瓶のユリも、げんなり首を垂れている。

帰り支度をしていると、

「ウマさん、ちょっと」

課長の笹木に呼ばれた。一緒に署長室へ来るようにと言う。

並んで廊下を進む途中、朝から椎村が見えなかったことを訊《たず》ねてみた。

「休みだ。親父《おやじ》さん、ずいぶん悪いようだな。一時的に家に帰っていたが、今日病院へ戻るのに、付き添いたいってことだった」

「どこが悪いんですか?」

「椎村、あんたに話してないのかい」

「ちゃんとは聞いてないですね」

「そうか。まあ、話せんわな……。家のことなんぞ仕事場で話すなと、一蹴《いっしゅう》されそうだ」

おまえには誰も大事な悩みは打ち明けない……そう言われたように聞こえた。悩みを明かさずに死んだ息子のこととも重なり、黙って前方を睨《にら》みつけた。

署長室では、デスクの後ろに署長が腰掛け、副署長がデスクの脇《わき》に立ち、その隣に

生活安全課長がいた。馬見原が、署長の前に進んで申告をすませると、

「馬見原警部補、これは内密の話だ」

副署長が語りはじめた。「土曜のガサ入れの失態だが、やはり内部に不心得者がいるとしか思えん。本庁の調査が入る前に、穏便に処理したい。共済金の出し入れはチェックしているが、個々の動向はつかめんのが実状だ。内部調査は、経験豊富なベテランに頼むしかない……で、どうだね」

馬見原は、署長の背後の、表装された額を眺めた。警察法の第二条『警察の責務』が、墨できれいに書かれてある。

「署長や生活安全課長とも相談した結果、きみに頼みたいと思ったわけだよ」

副署長の言葉をぼんやり聞きながら、胸の浅いところで警察法を読み上げた。

『警察は、個人の生命、身体及び財産の保護に任じ……公共の安全と秩序の維持に当ることをもってその責務とする』

「きみを高く買ってのことだ」

馬見原は薄く笑った。

「一番暇そうで、仲間の懐《ふところ》具合をさぐるゲスに成り下がろうと、いまさら気にせんだろうというのが、選んだ本当の理由でしょう」

管区局部長に昇進すると噂《うわさ》のある、署長の表情は変わらなかったが、叩《たた》き上げの副署長が顔をゆがめた。

「なんだ、その言いぐさは」

笹木が、あいだに入るつもりだろう、咳払《せきばら》いをしてから、

「検討した末に、きみの経験や人間性を尊重して選んだんだ」

「涙が出そうですね」

馬見原は感情をこめずに答えた。

副署長がさらに肩をいからせる。馬見原の背広の内ポケットで携帯電話が鳴った。

「ちょっと失礼します」

署長たちに断り、液晶の表示を確かめた。冬島綾女の家からだ。この時間だと、研司が掛けた可能性が高い。

「いいよ、馬見原警部補」

署長が初めて口を開いた。「遠慮せず、ここで話せばいい」

「いえ、私用ですので」

馬見原は電源を切った。署長たちから見つめられていることに焦《あせ》りも感じ、

「わかりました。内部捜査の件、一応お受けします。ですが、通告者がいるかどうか

まだ不明な状況です。やり方は任せてもらえますか」

署長は、少し間を置いて、いいでしょうとうなずいた。

部屋を出たあと、刑事課へは戻らず、裏口から外へ出た。気は急《せ》きながらも、適当な場所がないため、人通りの少ない歩道橋に上ったところで、電話を掛け直した。

一回のコールで相手は出た。

「もしもし、研司か、どうした」

「……こりゃまた声まで裏返って、大したお父さんぶりだ。ねえ、馬見原さん」

聞き覚えのある陰湿な声が返ってきた。

「油井……。そこで何をしてる」

「夏休みですからね。研司も寂しいだろうと、遊びにきてたところへ、長峰から、あなたに連絡するようにと、伝言を受けたんですよ。さて、どういったご用ですか」

「研司をどうした。大丈夫なのか」

「どういう意味です。実の父親と一緒にいるんですよ。大丈夫に決まってるでしょ」

「研司を出せ。電話に出せ」

油井が吹き出すように笑って、

「まるで誘拐犯の扱いですね」

「似たようなもんだ、早く出さんか」

橋の下を、多くの車が走り抜けてゆく。西日にぎらぎらと光る車体の群れが、彼をいっそう苛立《いらだ》たせる。

「何度も言いますが、生物学上、正真正銘、わたしは研司の父親なんですよ」

「親権はもうない」

「わたしの遺伝子が、この子に受け継がれている。わたしを作っている要素が、この子も作っている。これはすごいことだ。それに比べれば、法律なんてものこそ意味がない」

「おまえはいま、住居侵入を犯してる。すぐに出ろ。研司を置いて、部屋を出ろっ」

「研司が入れてくれたんですよ」

「警官を差し向けるぞ」

「法律をご存じですか。権限の濫用《らんよう》はいけないな」

「じゃあ、ゆっくりしてろ。今度は一生出られないようにしてやる」

相手からの返答はなかった。「油井」と呼びかける。馬見原は、眼下の車に飛び移ってでも、いますぐ駆けつけたい心境だった。

「油井、どうした。早く研司と代われ」

「……言いたいこと、言ってんじゃねえぞ」

油井の口調が変わっていた。「お父さんて呼ばせてんだって、えっ？」

「油井。研司と代わって、おまえは出ろ」

「ふざけんじゃねえよっ」

演技なのか本気なのか、油井は激しい声を発し、「誰が本当の父親だと思ってんだ。研司、言ってみろ、この電話に言え。誰が本当の父親だか、言ってやれ、さぁ言ってやれ」

「油井、やめろっ」

「研司の声が聞きてえんだろ。ほら、研司、泣いてんじゃねえよ。聞かせてやれ、誰が父親だ、誰だよ。なめんじゃねえぞっ」

いきなり電話が切れた。

すぐ掛け直した。だが、相手は出ない。署へ戻る余裕もなく、そのままタクシーを赤羽へ走らせた。渋滞のため時間がかかり、団地に着いたときは、すでにあたりは暗くなっていた。綾女たちの棟まで走り、動悸《どうき》を感じながら階段をのぼる。倒れ込むように四階の部屋の前にたどり着き、ドアをノックした。鍵《かぎ》は綾女に返している。試しにノブを回してみた。鍵は掛かっていなかった。

馬見原は、室内に飛び込み、

「研司っ」

靴を脱ぎ、台所から次の部屋へ進んだ。誰もいない。荒らされた形跡もない。奥の部屋へ進む。窓から街灯の光が差し、電灯をつけずとも、人の姿がないのはわかった。窓を開け、外をうかがう。植え込みに咲いた芙蓉《ふよう》の青い花が、ぼうっと浮いているように見えた。

「研司ーっ」

思いあまって、外へ叫んだ。背後で物音がした。驚いて、振り返る。

「……研司」

ささやくように呼びかける。

また、小さな音がした。

電灯をつける。中央の部屋の押入れらしい。静かに歩み寄り、押入れの戸を引いた。布団《ふとん》と壁のあいだに、みずからもぐり込んだような恰好《かっこう》で、身を縮めている子どもがいた。

「もう大丈夫だ」

か細い肩に手を置く。研司のからだがふるえた。馬見原は、相手の腕をそっとつかみ、引き出そうとした。研司は、臆病《おくびょう》な小動物のように、逆に引きこもろうとする。

「どうした。出てきなさい」

優しく語りかける。研司は布団をつかんだ手を離さない。Tシャツと半ズボンを身につけ、傷を負っている様子はなかった。

「どこか痛いところはないか、研司?」

見えない部分に怪我《けが》でもしていたら、早い処置が必要だ。仕方なく、一気に引き出そうと試みた。見えている腕と足を取ったとたん、研司は暴れ、馬見原は皮膚を裂かれたかと思うほど、容赦ない力で腕をかきむしられた。

「研司、大丈夫だ、お父さんだよ」

痛みをこらえて語りかけ、研司を引き寄せた。研司は、うなり声を上げ、手足をばたつかせる。馬見原は、首をひっかかれ、胸を蹴《け》られた。

「ほら、何も怖いことはないぞ。怖くない、怖くないよ……」

ささやきつづけて、研司を抱く腕に力を込めた。からだが密着し、研司の湿ったぬくもりが、頬や手に伝わってくる。研司は二度ほど痙攣《けいれん》気味にふるえたあと、ようやく抵抗をやめた。

抱きしめたまま、頭の先から、肩、腕、足、と撫《な》で、怪我がないのを確かめてゆく。

研司の小さい手が、馬見原の胸をぎゅうと握りしめた。服の下の肉まで一緒に、痣《あざ》ができるほど握られて、その痛みに、かえっていとしさをおぼえた。

「どうしたんです」

背後で、かすれた声がした。

綾女が、目を見開いて立っている。仕事から帰ってきたところらしい。バッグを足もとに置き、彼らの様子が普通でないのを感じてだろう、

「研ちゃん……」

こわごわと息子に呼びかけた。

研司が顔を上げた。馬見原から、もがくようにして身を離し、母親のからだへぶつかってゆく。彼の勢いに押され、綾女は台所の床に腰を落とした。それでも研司は、母親に武者《むしゃ》ぶりついてゆく。

綾女は、困惑したようだが、わざと笑って、研司の頭や背中を撫でさすり、

「研ちゃん、危ない。どうしちゃったの。ほら、ママ、頭を打っちゃうから」

あやすように言って、しかし目だけは険しく、馬見原を見つめ返してきた。

馬見原は黙ってうなずいた。

綾女の顔色が変わった。

「研ちゃん、甘えん坊ねぇ」

彼女は、あくまで優しく言って、胸に顔をうめる子どもの髪を撫で、いっそう強く抱きしめた。

この家の電話が鳴った。馬見原が受話器を取った。

「水門で待ってる」

ひと言で切れた。

綾女が不安そうに彼を見る。落ち着かせるように、笑みを返し、

「問題ない。ちゃんと話をつけてくる。研司に温かいものでも飲ませてやるといい」

彼女の肩を柔らかく押さえるようにしてから、外へ出た。

団地の敷地を出て、国土交通省のビルの灯を目印に、川沿いの土手を早足で進む。橋を渡り、本流に近づくにつれ、ビルや街灯の灯りも遠くなる。川の流れが見えない代わりに、水の音は大きくなる。

やがて、荒川が隅田川へと分かれる岐点の水門が、視界に入ってきた。水門の手前に、背の高い、やせた影が見える。

馬見原は足を早めた。相手まで十メートルほどの近さになったところで、

「そのへんで、止まってもらえますかね」

低いが、通る声が聞こえた。黒いスーツを着ているようだが、闇《やみ》に溶け込んでよく見えない。眼鏡を掛けたインテリ風の青白い顔だけがぼうっと浮かんでいた。

言葉を無視して、近づいた。

油井は、敏捷《びんしょう》にあとずさり、

「話し合う気がないなら、帰るしかないな」

馬見原は仕方なく足を止めた。

「話し合いだ？　おまえは罪を犯したんだぞ。不法侵入に監禁だ」

油井が鼻で笑った。眼鏡の奥の、爬虫類《はちゅうるい》を想《おも》わせる目を見開き、

「研司が入れてくれたと言ったでしょ」

「ふざけるな。押入れに閉じ込めたろ」

「あれにはまいりましたよ……。馬見原さんの電話に出るように言うと、いきなり自分で入ってしまった。あなたが苦手なのかな？」

「クズ野郎、おまえが怒鳴りつけたからだろ。怖がって入ったんだ。ほかにも何かしたのか。え、手を上げたのか？」

「可愛《かわい》いわが子に、そんなことしません。久しぶりの親子対面で、研司も緊張したんでしょう。会わないうちに大きくなった。親として、わが子の成長は嬉《うれ》しいが、一方

で怖くもある。何を話せばいいのか、わからない。しかし、時間をかければまた仲良くやっていけるでしょう。馬見原さんが応援してくれたら、もっと簡単になる」

「何をばかげたことを……」

「やり直したいんですよ、綾女と研司の三人で。家族をやり直したい」

「そんなことを言えた義理か」

油井は、意外そうに肩をすくめ、

「罪はつぐなってきたんですよ。警官のくせに、更生を認めないんですか」

「おまえのムショ入りは別件だ。研司に対して犯した罪は、まだつぐなってない」

「親が、聞き分けのない子を叱《しか》るのが、なぜいけないんです？　世間に迷惑をかけない人間になってほしいから、叱るんです。親の務めでしょ。いまの親は、子どもを叱れなくなったと聞きます。そのため、公衆道徳を守れない子や、人に迷惑をかけても平気な若者が増えてるという。馬見原さん、あなた、そういう若者を取り締まりながら、近頃の親は何をしてると、苦々しく思ってきたんじゃないですか」

「おまえのやったことは、しつけじゃない」

「多少厳しかったかもしれないが、愛していたからこそです。信念のない子育てが虐《ぎゃく》待《たい》なんで、わたしは違う」

「頭の傷を見ろ。いまも跡が残ってる。発見が遅れていたら、死んでいた」

「いい加減にしましょう。あれは、あの子が自分でやったんです。何度言えば、わかるのかな。研司自身も証言したでしょ」

「覚えてないと言ったんだ。ショックとおまえへの恐怖とでな」

「どうしても、わたしから家族を奪いたいようですね」

「おまえに家族を持つ資格はない」

「資格ね……」

油井が唇をゆがめて笑った。姿勢がふらりと崩れ、首を大きく回したあと、

「じゃあ……あんたは、どうなんだ」

口調はもちろん、人格まで変わったかのような、すさんだ印象の声を発した。

「馬見原さんよ、あんた、自分の子をどうした？」

「……なんだと」

「息子を、交通事故で亡《な》くしたって？　興信所の報告じゃ、自殺の疑いもあるって話だ。厳しい親父《おやじ》に息苦しさを感じてたふしがあると、報告書にはあった。娘のこともわかってる。悲しいね、この子も。おれも仕事柄、親の愛に恵まれなかった子を、たくさん見てきたが、あんたの娘は、よく風俗へ落ちずに頑張ってる。花屋の亭主も、

年少を出てるらしいが、あんた、結婚認めてないんだって？」

「おまえ……何を調べた」

「綾女や研司が世話になったようだし、どんな男か、くわしく知っておきたくてね。おれのことを言う前に、自分が家族をどんな目にあわせてきたか、考えてみろ」

「研司のこととは関係ない」

「都合のいいことだな。いいだろ。こっちも塀のなかでカウンセリングってのを受けて、多少は寛容というものを身につけた。綾女と研司の今後について、話し合おうじゃないか。あんた、二人をどうするつもりだ」

「どうとは……」

「籍、入れてくれるのか。これから一生、夫として、父親として、見てくれるのか？それを問うくらいの資格はあるだろ、研司と血を分けた人間として。古女房を捨てて、二人を籍に入れてくれるのか。だったら、おれが奥さんに話をつけてやるぜ」

「おまえ、そんなことをしてみろ……」

「遠慮すんな。花屋の娘にも伝えてやるよ。あんたの親父さん、お母ちゃんをまた懲《こ》りずに、自殺へ追い込むつもりだぜって」

馬見原は油井に向かって駆け出した。

油井は、すぐに後退しながら、

「てめえこそ、研司を虐待してんのが、わかんねえのかっ」と叫んだ。

馬見原の足がしぜんに止まった。

油井も、水門を越したあたりで止まり、落ち着きを取り戻した様子で眼鏡を直し、

「おれは病気だったんだ」

と言った。彼は、背広のポケットから封筒を出し、

「これを綾女に渡して、話してやってくれ。あんたからなら聞くだろう。いまも言ったが、塀のなかでカウンセリングを受けた。それでわかった。おれのせいじゃない、おれが悪かったんじゃない……。父親は、おれを自分の子じゃないと疑ってた。可能性も実際あったようだが、そのため家にいつかず、女遊びに走ってた。母親は、おれを叩《たた》いたり、飯《めし》を食わせなかったりして、父親に当てつけ、女遊びをやめさせようとした。父親は、自分の子じゃないんだから平気だと、泣けば泣くほど、おれを殴り、押入れに押し込んだ……。いい子になろうと頑張ったよ。いい子だったら喧嘩《けんか》しないんでしょ、ごめんなさいって、両親のあいだを行き来した。涙をぽろぽろこぼしながら懸命に笑おうとして、気味の悪いガキだと殴られたこともあった。ずっと心の底にしまいこんでたが、カウンセリングのおかげで思い出した」

油井は、水門の手前のコンクリートの台座の上に、封筒を置いた。

「塀のなかに来てた心理の先生に、書いてもらった。カウンセリングを受けつづけて、両親の罪を、おれが許すことができれば……大丈夫、やっていけるだろうと請け合ってくれてる。おれには、家族の支えが必要だとも書いてくれた。おれが正しく生き直すには、家族が要る。つまり、綾女と研司だ」

「おまえのために、彼女たちを犠牲にできるか」

「犠牲？　幸せにしてやるのさ。綾女につまらん仕事をやめさせて、大きいマンションへ引っ越す。研司に広い部屋を与えて、何不自由ない暮らしをさせてやるんだ」

「長峰たちのヤクザな仕事で、安定した暮らしを送れるわけがないだろ」

「そのヤクザの上前をはねてんのは、誰だよ。それに、大事なことがもうひとつある。心理の先生は、研司にも、親の罪を許すチャンスを与えてやれと、書いてくれた。おれを許す機会を、研司に与えてやれってことさ……。でないと、研司もおれ同様、心に傷を残したまま成長することになる。いまはその傷に、馬見原さんよ、あんたが塩をすり込んでるんだ。あんたが、自分勝手に、研司の前に現れたり離れたりするたび、あの子の傷は深くなってる。それがわからないのか」

「……おまえが、二度とあの子を傷つけない保証があるか」

「あんたに裁けるのか。あんたは、傷ついている自分の娘に、何かしてやったか」

返す言葉が見つからず、両の拳《こぶし》を固く握りしめた。

「いいか、研司の傷を本当に治せるのは、あんたじゃない、おれなんだ。綾女にこれを渡して、しっかり伝えろ。三人でやり直すのが、みんなに一番いいことなんだ。あんたの奥さんのためにもな……そうだろ?」

油井が水門の向こうへ去ったあと、馬見原は残された封筒を川に捨てようとした。だが、封筒は手から離れず、離れたときは、綾女たちの部屋へ戻っていた。

「よしてください」

綾女が、彼の手から封筒を奪い取り、台所のゴミ箱に捨てた。が、すぐにまた拾い上げ、いまいましげに何度も破った。

「そんな話、黙って聞いてきたんですか」

馬見原は、彼女の視線を避け、目を奥へそらした。次の部屋で、研司がテレビを見るふりをしながら、こちらを気にしている。

「絶対いやです。いいと思ってるんですか、戻ればいいと思ってるんですかっ」

綾女が激しい口調で言う。

「そうじゃない」

馬見原は研司の横顔を見つめた。彼がこちらをうかがうように振り向く。馬見原は、何も心配いらないと、ほほえみかけた。研司は、困ったような表情を浮かべ、テレビに目を戻した。

「こんなもの……」

綾女が、ちぎった封筒を、馬見原だけが使う灰皿に捨て、マッチで火をつけた。手紙はすぐに炎に包まれた。

隣の部屋から壁越しに、赤ん坊の泣き声が聞こえてくる。以前は放っておかれたものだが、いまは母親のあやす声が聞こえ、父親らしい男の笑い声がそれに混じった。

綾女が、馬見原の考えを察してだろう、

「隣のご主人の仕事が、見つかったそうです。仲良くやってますよ」

抑揚のない声で、彼に伝えた。

炎は燃え尽き、手紙は灰となった。

「引っ越したら、どうだい」

馬見原は、灰がなお揺れているのを眺めながら、「ひとまず富山の実家へでも身を寄せて……そのあいだに、油井のことは何とかする」

「いやです」

綾女がきっぱりと言った。

「しかし……」

「逃げ回るなんてごめんです。これ以上、あなたから遠くなるのもいやです」

綾女が灰皿に水をかけた。黒い灰が砕け、水とともに流しへこぼれる。

「さあ、研ちゃん、ごはんにしよう」

綾女は、からりと明るい声に変えて呼びかけ、水道の蛇口をきつく締めた。馬見原を振り返った彼女の目は、すでに先ほどまでの毅然とした母親のものではなかった。

「一緒に、食べていってくださるんでしょう」

*

テレビの画面に、瓦礫《がれき》にうもれた、元はレストランだったという建物が映った。

黒い煙が上がる前を、人々が悲しみと憤怒《ふんぬ》の表情をあらわに行き交い、血を流して横たわった人のそばで、別の怪我人《けがにん》が泣き叫んでいる。サイレンが鳴り響き、警官隊が盾《たて》を持って走り、救急隊員が若い女性を担架で運んでゆく。

そうした光景を撮影しているカメラに向かい、頭から血を流した男性が早口でまくしたてる。外国語のため、画面の下に、『ここは地獄だ』と字幕が出た。すると、画面が急に、白い壁に囲まれた一室に変わった。ほとんど音のない、静かな空間で、四十歳前後と思える女性が、涙を浮かべて何かを語っている。彼女の背後には、十代の少年の写真が飾られていた。

馬見原佐和子は、テレビの前に正座し、外国での紛争を特集したニュース番組のリポートを見ていた。

国内のスポーツニュースに移ったところで、佐和子は台所へ立った。コップに水を注いで、居間に戻る。電話が掛かってきた。時間どおりだった。

「薬の時間だよ」と、真弓が言う。

「わかってます」

用意してあった薬を口に入れ、受話器を喉《のど》へ近づけ、水で薬を流し込んだ。ごくりと鳴る喉の音など、本当に聞こえるのかどうか疑いつつも、

「聞こえた？」と確認する。

「うん、聞こえた」

真弓が答えた。これを朝と夜の一日二度、電話をはさんでおこなうことが、最近の、親子のあいだの儀式のようになっている。

「お母さん、今日もウォーキングするの？」

「もちろんよ」

佐和子はすでにトレーニングウェアに着替えていた。病院のリハビリでも使っていた、真っ赤なウェアだ。家でじっと夫の帰りを待っていると、いろいろな考えが頭をめぐり、安定した心持ちでいられない。一ヵ月前、通院時に運動療法士に勧められ、公園を歩いてみた。一時間ほど早足で歩き、ほどよい疲れのなか、さっと汗を流して床に就《つ》くと、驚くほどよく眠れた。以来、夜の公園でのウォーキングを日課にしている。

「気をつけてよ」

真弓が心配そうに言う。

「心配ご無用。言ったでしょ、夜でも、けっこう運動してる人がいるんだから」

ことに中高年の女性が、二人から四人程度でウォーキングする姿が目立った。そうした年代の女性は、日中は家事や子育てやパートなどで忙しいため、家族に夕食を食べさせたあと、ようやく自分の時間を持てるのかもしれない。近所の人と誘い合い、いろいろと愚痴を言い合うことも楽しみに、外へ出てくるのだろう。

「だったら、お母さんも、ご近所の人を誘えばいいじゃん」と、真弓が言う。

「自分のペースで歩くほうが楽だから」

佐和子は答えた。

たとえばずっと前、本音で愚痴を言い合える仲間が近所にでもいれば、入院にいたるほど心が疲れることはなかったのかもしれない。

だがいまとなっては、相手の愚痴など聞く気になれない。愚痴はたいてい夫と子どものことになるだろう。夫はまだしも、子どもの愚痴を聞くのはつらい。勉強しない、言うことをきかない、将来が不安だ、反抗期だ……。

いいじゃない、生きてるんだからっ。

佐和子はきっとそう言い返しそうになるだろう。実際、テレビなどに向かって、口にしていることもある。あんたたち、ぜいたくよ、子どもは生きてるんでしょっ。

「お母さんは、もともとひとりが向いてる人かもね」

真弓が言った。

「どういう意味?」と聞き返す。

「まじめ過ぎて、人とも適当につき合えない人なのよ」

佐和子はつい苦笑した。

「人と騒ぐのは好きよ。病院の患者さんたちに、また大勢集まってもらいたいし」

「無理せず、適当な距離を、人と置いてもいいって言ってんの。うちもそう。家族も、いろんな性格があるんだから……無理に形にはめずに、やればよかったんだよ」

真弓の言葉の陰に、息子の死がひそんでいるのは、理解できる。だが、佐和子にはそれを口にする勇気はない。

「お母さん、熟年離婚、考えたら。いま増えてんだよ」

「なに言ってんの」

「経済的な問題なら、その家、売れば？」

「家？　絶対だめよ。あなたやお兄ちゃんが生まれて、育った家じゃないの」

佐和子は背後を振り返った。ときおり、錯覚だとわかっているのに、そこに息子が立っているような気がすることがある。

「じゃあ、離婚しないのは、お兄ちゃんの思い出がつまった家があるから？」

それだけじゃない……が、複雑にからまる感情を、娘にうまく説明することはできそうになく、口を閉ざしていた。

「なら、納得できる。愛なんて言われたら、ぶっ飛んじゃうけど。あ、碧了が起きたみたい……また明日の朝、掛けるね。おやすみぃ」

赤ん坊の泣き声が少し聞こえたところで、電話が切れた。

佐和子は、ゆっくり受話器を戻し、戸締りをして、外へ出た。

真弓とは、いま普通に話ができるが、彼女の素直な言葉は、息子が死んでからはずっと絶え、最近になって戻ってきたものだ。

息子を失《な》くしたことを想《おも》うと、いまも心が虚《うつ》ろになり、しばらくは涙が止まらない。それでも、孫の笑顔を思い出せば、いくらかは慰められ、なにより現在の真弓の成長ぶりに安堵《あんど》して、喪失の悲しみは消えずとも、涙もやがて止まってくれる。

佐和子は、住宅地のあいだの道を、腕を大きく振って歩いた。日中は暑かったが、気温が下がり、過ごしやすい夜だった。付近には、敷地の広い一戸建てが多く、冷房を使わずに窓を開け、風を室内に呼び込んでいる家もある。テレビの音や、人の笑い声、猫の鳴き声もした。腰の曲がった老婆《ろうば》も、この近所なら安心だからだろう、散歩をしている。男性が、塀の上で丸くなった白い猫の頭を撫《な》でていた。

佐和子は、瀟洒《しょうしゃ》な家々の前を抜け、公園へ出た。夏でも豊かな水をたたえている池の上を、涼しい風が吹き渡ってゆく。池の周囲の遊歩道を、彼女は歩いた。

ときおり、運動する人々とすれ違ったり、追い抜かれたりする。中年女性のグループもいれば、真剣にランニングしている若者もいる。夫と同年代の男性が、仏頂面《ぶっちょうづら》でせかせかと歩いていた。奥さんは家で何をしているのかと、いらぬことまでつい考える。

　病院の集団カウンセリングで、佐和子はたびたび離婚の話を耳にした。病気のため離婚を申し渡された患者もいたし、みずから身を引くように離婚を申し出た人もいた。自分らしく生き直すために離婚したいと願う人も、少数だがいた。

　佐和子も、最初の入院のときに、離婚してくれて構わないと、夫に申し出た。夫は受け付けなかったが、理由は言わなかった。愛情ではなく、同情や罪悪感からではないかと、それを思うと怖くなり、彼女も深くは考えないようにしてきた。

　一方、彼女はいまなぜ夫と離婚せずにいるのだろう。

　愛情だろうか。いまでも夫を愛しているからだろうか……。はたして自分は、本当に夫を愛して、結婚しただろうか。あの感情の高揚が、人々が「愛」と呼ぶものの、正体だろうか。結婚後、二人ではぐくんだ何かが、「愛」というものなのか。

　新婚旅行にしろ、子どもの誕生にしろ、また子どもと一緒の旅行や行楽にしろ、振り返れば、一瞬に近いような出来事だった。ふだん夫とのあいだに存在していたものは、もっと生々しい、その場限りの感情の連続であり、時間とお金に追い立てられる、日々の暮らしの連なりだった。

　楽しかった時には感情も沸き立ち、最初に抱き合った頃のことを思い返すと、さすがに平静ではいられない。だが、そこから欲望や馴《な》れ合いや思い込みといった言葉を差し引いて、なお残るものを見つめようとすると、気持ちはもやもやと曇ってくる。

子どもへの責任もなくなったいま、離婚しない一番の理由は、もしかしたら記憶かもしれない、と佐和子は思った。

夫と過ごした時間は、彼女の人生の三分の二近くになる。その記憶はやはり大切にしたい。息子を亡《な》くしたため、いっそう家族で過ごした日々の記憶に、愛着をおぼえる。それをよりよい状態で守るためにも、現在の関係を保持しておくことには意味があるだろう。

暮らしていく上での心身の慣れや、生活が変わることへの不安、孤独の恐れもある。そして、自分と別れたあと、夫が誰か別の人と幸せになることへの嫉妬《しっと》もなくはない……。

「危ない」

肩を押さえられた。

ぼんやり歩いていたが、気がつくと、すぐ足もとに池の水が迫っていた。

肩を引かれ、佐和子は慌《あわ》ててあとずさる。彼女の背後には、ランニングウェアを着た角刈りの青年が立っていた。

「ぼうっとしてたら、危ないですよ」

青年が怒ったような表情で言う。

佐和子は、池へと傾斜している道なりに進んで、危うく落ちるところだった。

「すみませんでした、助かりました」

青年に頭を下げた。顔を上げたときには、相手はもう走りだしていた。

安堵の息をつき、青年が去ったのと反対方向へ歩きだす。しばらくして、いまの青年が、死んだ息子に似ていたような気がした。振り返ったが、姿はもうない。

もしかしたら、息子が現世に降り立ち、彼女を助けてくれたのかもしれない……。

真弓に話せば、笑われて、だから夜のウォーキングは危ないと止められるのがオチだ。

もしも、息子の勲男《いさお》が生きていたら……真弓もぐれたりせず、いま頃は大学に通っていたかもしれない。夫は本庁の捜査一課で慌ただしく事件を追い、佐和子は彼の健康について気を揉《も》んでいただろう。勲男は就職しているはずだ。仕事は、警官以外なら、なんでもあり得た。あの子は父親の職業を嫌っていたから……。いや、じっと夫の帰りを待つ母親に同情し、そのように言っただけかもしれない。父親の、仕事に賭《か》ける姿勢を尊敬していた感もある。あの事故が、たとえば骨折程度で終わっていたなら、すべては変わっていた。

今夜、真弓から電話がくるまで見ていた、紛争地のリポートで、外国人の母親が、白い部屋のなかでインタヴューに答えていた。

『あの子の兄が、もし無残に殺されていなかったら、あの子はたった十三歳で、神のもとへ行こうなどとは思わなかったでしょう。』

その十三歳の少年は、爆弾を抱えて、兄を殺した国の、大勢の人が集まるレストランに入ってゆき、自爆した。相手の国の若者四人が死亡し、数十人が怪我を負ったという。

だが、レストランで亡くなった若者にも、母親はいるはずだ。そして、レストランが爆破されたことの報復として、自爆した少年が生活していた地域に向け、すでに大規模な戦闘が開始されたというニュースも流れた。

「あの子が死ななかったら……」

双方の遺族が泣き叫び、結果として、そうした遺族の数は減るどころか、逆に増えている。紛争地だけの話ではない。この広い世界の、ありとあらゆる場所、いろいろな状況のもとで、いまも母親たちが、「あの子が死ななかったら」と嘆いている。

佐和子は、いきなり夜空の彼方《かなた》から、無数の母親たちの叫び声が聞こえてくる気がした。胸が苦しくなり、ふたたび遊歩道からそれ、池のそばにしゃがみこんだ。

「どこか痛むんですか」

声が上から落ちてきた。

先ほどの青年が、すぐ近くで足踏みしていた。彼は、少し息をはずませながら、

「なんだか心配で……もしかして、気分でも悪いんじゃないですか」

わざわざ佐和子のために戻ってきてくれたらしい。彼女は、顔の前で手を振り、

「大丈夫、なんでもないですから」

「ここへは散歩ですか」

「そう、ウォーキングです」

「じゃあ、送りますよ」

「え……」

「家族に連絡するなら、携帯持ってます。迎えが来るまで、一緒に待ってますけど」

佐和子は、びっくりしたのと、困惑と、嬉《うれ》しいような心持ちとで、立ち上がった。

「ご親切に、ありがとうございます」

相手はもちろん息子ではなかった。実際あまり似てもいない。親の欲目だが、勲男はなかなかの二枚目だった。青年はまぶたが腫《は》れ気味で、鼻が低く広がっている。違う場所で会えば、怖く感じたかもしれない。いまはその優しさに、表情に愛嬌《あいきょう》さえ感

じる。

「どっちですか、送りますよ」

「いいの、いいの。本当に」

佐和子は大げさなほど手を振った。

青年が、困ったように目を伏せ、

「おれ、危なくないですよ」

「あら、そんなこと全然思ってないのよ。ただ、あなた、まだ運動の途中でしょう?」

青年はずっと足踏みをやめていない。

「何か学校の運動部にでも入ってるの?」

「学校じゃないけど……ボクシングをやってます」

「まあ、すごい。試合あるの?　チャンピオンになるやつ、なんだっけ、選手権?」

ばかげた質問なのか、青年が笑った。それでも柔らかな表情で、

「いつか、やれたらいいですね」と言う。

「おばさん、見にいくわよ」

青年は、ちょこんとうなずき、

「じゃあ、明るいところまで」

と、佐和子が歩くのを待つ恰好《かっこう》で、からだを少し引いた。

断るのは悪い気がして、佐和子は素直に家のほうへ歩きだした。青年が、足踏みに近いランニングで、隣からついてくる。

「優しいのねえ。やっぱり親御さんの育て方が素敵だったんでしょうね」

青年は、照れているのか答えない。

「失礼ですけど、ご両親は健在？」

やはり青年は答えない。聞こえないのかと思っていると、少し間があってから、

「いないです……初めから」

小さな声が聞こえた。

「あら、ごめんなさい」

他人との距離には、真弓から指摘されたとおり、昔から佐和子は慎重なほうだった。

だが、青年のやや常識外れにも感じられる優しさに、つい好奇心を刺激され、

「じゃあ、ご親戚《しんせき》か、おばあ様のお宅で、過ごされたのかしら？」と訊《たず》ねてみた。

「いえ……施設です」

青年がぶっきらぼうに答える。

相手を怒らせてしまったのではないかと、急に不安になり、

「ごめんなさいね、プライベートなことまで。あなたがあんまり優しいものだから、どういうことかしらって、びっくりして」

「おれは、そんな、いい人間じゃないです」

青年がさえぎるように言った。彼は、言葉に迷う様子で、短く黙ったあと、

「さっき、危ない奴《やつ》じゃないと言っといて、変だけど……ふだんはきっと、がっかりするような、ひどい奴です」

「そんなこと、ないと思うけど？」

青年はまた黙った。だが何か言ってくれそうな気がして、佐和子は待った。

「少し前に、梅雨の合間のことだけど……カンカン照りのときに、道で倒れました」

青年がとつとつと語りはじめた。「腹ペコで、帽子もなしで、新宿まで走ったから、めまいして、動けなくなったんです」

「そう。大変だったじゃない」

「誰も気にかけてくれなくて、それが普通だと思うけど……気が遠くなりかけたとき、ホームレスのおじさんが、声をかけてくれました。日陰に運んでくれて、水と、なめろって、塩をひとつまみくれて……。たぶん熱中症ってやつで、あのまま放っておか

れたら、おれ、死んでたかもしれません」

「本当に？　その方、どういう方だったの」

「お礼をしたくて、次に行ったら、もういませんでした。そばにいた別のホームレスの人に聞いたら、遠くへ行ったようで、行き先は知らないって。でも、気にすることはないって」

「どうして……」

「そのおじさんも、前に腹が痛くて倒れてたとき、女子高生に優しく声をかけてもらって、水とか薬とか、買ってきてもらって、えらく助かったそうです。おじさんも、その女子高生に、お礼したいけど、誰かわからず、残念がってたから、あんちゃんに……つまり、おれに、いいことできて、喜んでるよ。順繰《じゅんぐ》りだよって。だからあんちゃんも、誰かに、何かしてあげなって……」

しばらくのあいだ、佐和子と青年の足音だけが遊歩道に響いた。やがて明るい大通りに出たところで、

「ここで、平気ですか？」

青年が言った。

「ええ。本当にありがとう」

佐和子は心から礼を言った。青年が、ちょこんと頭を下げて去っていこうとする。

「あの……」

と、佐和子は呼び止めた。「いま、ちょっとおかしなことを考えたの」

「はい？」

青年が足踏みしたままで、彼女を見る。

「あなたの、わたしにしてくれたことが、ホームレスの方のご親切から来てて……そのホームレスの方も、女子高生に親切にされたことで、誰かにお返しをしたいと思われたのなら……その女子高生もまた、どなたかから優しくされたことがあったと思う？　そして、その誰かも、別の誰かから優しくされたことがあって……どんどん、さかのぼってゆくことができるものかしら」

青年は、考える様子を見せたあと、

「それはあるかもしれませんね」と答えた。

「だとしたら……だとしたらよ、さかのぼってゆく線のどこかに、わたしの子どもも、いた可能性はないかしら？　いま遠くにいるの。すぐには会えない子だけど、ずっと昔ね、大きな踏切で、渡りきらないうちに遮断機の棒が下りて困ってたおばあさんを、あの子が手を引いて、助けてあげたの。だから……」

佐和子はすがるように青年を見た。

「可能性、あると思いますよ」

青年は、そう答えて、去っていった。

佐和子は興奮している自分を感じた。

だったら、だったらと考える。めぐりめぐって、息子がいま、わたしを助けてくれたことになるかもしれない……。

そうでしょ、そうじゃない？　と天に叫びたくなる。

佐和子は、このことを夫に聞かせたくなり、駆けだした。公園に入るまでの道を逆にたどってゆく。住宅地のあいだの道を通り、瀟洒《しょうしゃ》な家々の並ぶ一画に来たとき、さっきは人けの少なかった道に、大勢の人が集まっていた。

新築らしいきれいな家の前にパトカーが止まり、門の内側で制服警官が二人、戸主らしい男性と話している。男性の背後では、若い娘が泣いており、母親らしい女性が慰めている様子だった。

人に訊ねる前に、話し合う人々の声が聞こえ、猫の死体が玄関先に投げ込まれていたのだと、事情がわかった。怖くなって、佐和子はその場を離れた。離れる間際《まぎわ》、白い猫だったという声も聞こえた。

わが家に帰り着いたとき、玄関には、掛けたはずの鍵《かぎ》が掛かっていなかった。恐る恐る玄関の戸を開け、

「お父さん?」と、呼びかける。

子ども部屋のほうで物音がした。

「帰ってるの、お父さん?」

たたきに夫の靴がある。佐和子は、靴を脱いで上がり、子ども部屋をのぞいた。

夫が、押入れの前にかがんで、床から捜査資料のファイルを拾い上げているところだった。書類が数枚散り、さらに遠くに写真が一枚落ちている。夫は、慌《あわ》てた様子で写真を拾い、手早くファイルにはさんだ。

「昔の事件で、気になることがあってな。見直してたら、落ちてしまった」

夫は、そう言いながら、ファイルを押入れのなかの書類棚にしまった。自分の行動について、いちいち説明などしない人だけに、意外に感じた。

「公園へ行ってたのか? もう少し早い時間にしたらどうだ」

夫が押入れの襖《ふすま》を閉める。佐和子とは、まだちゃんと目を合わせていない。

「何かあったの?」

佐和子は訊ねた。

「いや……なぜ」

夫が子ども部屋の電灯を消した。そのまま佐和子の脇《わき》を通って、居間へ進む。

「背広もまだ着たままだけど」と、彼の背中に向かって言う。

座卓の前に座りかけていた夫は、無言で背広を脱ぎ、ネクタイも外しはじめた。

「ちょっと、ひと風呂《ふろ》浴びてくる」

彼は、鴨居《かもい》に吊《つ》ったハンガーに背広を掛け、居間からも出ていこうとした。

佐和子は、話したい大切なことがあっただけに、

「そこに、パトカーが止まってたんだけど」

と、夫をつなぎとめるため、いま見たばかりの話題を持ち出した。

彼は、風呂場のほうへ進みながら、靴下を片方ずつ脱ぎ、

「パトカーがなんだって？」

「猫が殺されて、家の前に置かれてたって」

夫が振り向いた。

「どの家」

その家の住所を大まかに伝えた。

「練馬管内か……」と、夫がつぶやく。

「犯人、わたし、見たかもしれないの」

「……どうして」

「公園に行く途中、被害にあった家の前も通って、白い猫を撫《な》でている人を見たのよ。殺された猫も白い毛をしてたって」

夫がこちらへ戻ってくる。

「どんな奴だった」

「暗かったから、はっきりは……」

「若いか、子どもの感じだったか？」

「子どもじゃなかった。大人っていうか……三十代か、四十代くらい」

夫は、鴨居に吊った背広のポケットから携帯電話を出し、番号を押した。相手が出るのを待つあいだ、

「うちの若いのが、似た事件の担当だ。相手の特徴みたいなものを話してみろ」

「明日じゃだめなの」

夫が話を聞いてくれたことが嬉しく、いまのうちに、先ほど青年から聞いた話も伝えたかった。

「時間が経《た》つと、それだけ記憶は薄れてゆくんだ。早いうちに話したほうがいい」

だが、相手は出なかった。夫は、留守番電話に、連絡をくれるよう吹き込んだ。

「ともかく先に風呂へ入るから。そのあいだに記憶を整理しておけ」

彼は、風呂場へ進み、追いかける佐和子の前で、脱衣場の戸を閉めた。

佐和子は、あきらめて寝室へ入り、仏壇の前に立った。息子の写真に手を合わせ、この子が今日、自分を助けてくれたんだと思ってみる。めぐりめぐって、この子の手が、自分に向けて差しのべられたのだ……。失ったものは帰らない。悲しみが消えることもない。それでも、胸のなかが熱くなる。

この子が踏切でおばあさんを助けたのは、中学一年のときだった。いや、二年だったろうか。アルバムに、何か記録が残っていないかと思い、佐和子は子ども部屋に向かった。

部屋に電灯をつけ、押入れを開く。アルバムや絵や成績表など、子どものものは、押入れの下段にすべてしまってある。だが、押入れを開けたとたん、夫の捜査資料や日誌が並んでいる上段の書類棚が目に入った。

なにごとも整頓《せいとん》された状態を好む夫らしく、ファイルもきちんと整理されている。それなのに、たった一冊、列からはみ出しているファイルがあった。さっき夫が見ていたものだろう。どうして彼は、あれほど動揺したのか。あの写真には何が写っているのだろう。

言い渡されたとおり、これまで一度も夫のファイル類にふれたことはない。佐和子は初めて、その禁を破った。ファイルを引き抜き、静かにめくる。ひらひらと大きな花びらのように、一枚の写真が床に落ちた。

佐和子は写真を拾い上げた。

居間で、携帯電話の着信音が鳴った。

佐和子は、しばらく写真を見つめたあと、ファイルに戻し、書類棚にきちんと納めた。押入れを閉め、電灯を消す。電話の鳴っている居間には戻らず、廊下に立った。風呂場から、湯浴《ゆあ》みの音が聞こえてくる。夫が何かを洗っている、ぬぐっている。

佐和子はトレーニングウェアを脱いだ。風呂場へ向かいながら、下着も取る。裸になって、浴室の扉を開けた。夫はからだを洗っていた。佐和子は、まっすぐ浴槽の前へ進み、桶《おけ》で自分のからだに湯を浴びた。

「おい……」

夫が驚いた様子で、声をかけてくる。

佐和子は、湯を数回浴びて、汗を流し、夫のほうへ向き直った。彼は、洗い場の蛇口に向かって、椅子《いす》に腰掛けている。

佐和子は、ぶつかっていくように、彼の広い背中を抱きしめた。手を彼の首に回し、唇を押しつける。彼と向き合うように強引にからだを前に入れ、彼の太い脚の上に、自分の片側のももをのせる。

「おい、佐和子、どうした……」

夫がバランスを崩し、仰向けに倒れそうになった。

佐和子は、少しだけ力をゆるめ、彼が怪我《けが》をせずに、浴室の床に仰向けになるのを助けた。彼女は、そのまま夫のからだの上におおいかぶさってゆき、彼の厚い胸の上に腰を落とした。

彼の顔を両手ではさみ、腰をすべらせ、髪をかきむしり、唇を強く求めた。

『贈られた手』あとがきにかえて

重なった「日」の悼《いた》み

一九九五年一月一七日、阪神大震災が起きたとき、わたしは『家族狩り』(95年版)の最終章の導入部を書いていた。当時夜型だったわたしは、午前六時頃まで書き、床に就《つ》いたのだが、ほぼ同時刻、神戸で何が起きていたか知る由《よし》もなかった。午後一時、友人からの電話によって起こされ、神戸で大きな地震が起きたと聞いた。慌《あわ》ててテレビをつけると、映し出された被害の様子に驚いた。わたしの故郷は瀬戸内海をはさんで斜め向かいとなるため、すぐに実家へ電話した。母が出た。少し揺れたが、被害はなく、それより父が風邪をひき、少し吐くなど体調を崩しているという。父は、ずっと腎臓《じんぞう》をわずらい、寝たきりに近い状態がつづいていた。医者に来てもらって注射を二本打ったが、入院させたほうがよいという話が出ている。父は入院を嫌っていた。

そのあと、神戸出身の友人に電話した。家族の行方がつかめず不安だったらしいが、やがて確認ができ、安堵《あんど》したという。わたしは、仕事をしながら、時間があけばテレビをつけ、地震被害の状況を見つづけた。この日の時点で死者は二千人を超すかと言われ、夜になって火事の勢いはさらに増していた。朝方まで書きながら、画面に変化があるたび、ひどいな、どうにもならないのかと、ひとりつぶやいていたものの、正直なところ、どこか他人事《ひとごと》だった気がする。家族に実害は出ておらず、親しい友人の家族も無事だった。翌一八日の昼、わたしは友人たちへ新年会の打ち合わせの電話まで掛けていた。

夕方になって、すべてが変わった。午後四時半頃、兄嫁から電話があった。これまでなかったことだけに、一瞬にして予感が働いた。言い出しかねている義姉《あね》の口調からも、不幸の気配が伝わってきた。

父が亡《な》くなった。陳腐な表現になるが、実際ドキーンという感覚で胸の内側で何かが止まった。きっとそれは感情だった。以後、わたしのなかで劇的な感情の揺れはなかった。いまから帰るには、新幹線しかないが、まさに神戸の震災で止まっている。翌朝一番の飛行機で帰ることに決め、つきあっていた女性に、父の死に顔だけでも見てほしく、仕事を休んで一緒に帰ってもらえないかと頼んだ。友人や親戚《しんせき》に連絡し、帰る準備を進めて、仕事をする余裕などあるはずもないのに、『家族狩り』の執筆ノートも鞄《かばん》につめた。

父はわたしが創作家の道に進むことを反対していた。映画の世界に進みたかったが、思いもしなかった小説の世界で、ほんの少し、結果を出せた時期だった。それでもまだ父に対して安心するようにと言える状態ではなく、もう少し待ってほしかった。だがこればかりはどうしようもない。わたしは、告別式で長兄が読むことになっている弔辞《ちょうじ》を、葬儀社から示されたマニュアルに合わせる形でなく、自分が書くと申し出た。孝行めいたことは、もうこれしかできないと思い、文章の世界に生きている証《あかし》を注ぎ込む想《おも》いで筆を執った。告別式当日、テレビでは震災の死者が四千人を超すと言われていた。瓦礫《がれき》の下にいまもいる方々や、身元を確認できない人もいるという報道に接し、無意識に悲しみをやわらげるためだったのだろう、父はまだ幸いなほうだったと家族で話した。できあがった弔辞を兄に渡すと、こんなの読んだら泣いてしまうと言った。式の最後、彼は声をつまらせながらも、そのまま読んでくれた。斎場には、新潮社と、『永遠の仔《こ》』を書く予定でいながらまだ一枚も渡せていないのに、幻冬舎が花輪を贈ってくれていた。父は組織人でなく、ほかの花輪が内々の小さなものだっただけに、両社のそれは異質なほど大きかった。故人は小説家を育てた親でもあったのだと、参列した人に伝われば、それも少しは孝行かもしれないと思え、新人の自分に対する両社の厚意をありがたく感じた。

一方で、わたしは父の死後まだ本当には泣けていなかった。昔からどこか醒《さ》めているところがある。白分の感情をもてあますというか、たとえば悲しいと思っても、それが本当に悲しいということかと疑ってしまう。悲しんでいる自分を偽善的と思ったり、悲しみを演じているだけではないかと、斜に構えて見たりする。父の死のときも、醒めた自分をどこかで感じて、嫌気《いやけ》がさしていた。

父を焼き、儀式をすべて終え、兄たちと酒を飲み、一緒に帰ってくれた女性を空港へ送って、なお実家に残った日々、わたしはまだ喪失を実感できずにいた。初七日を迎えたとき、阪神地区では死者が五千人を超えていた。

その三日後、東京へ戻ったわたしは、葬儀に参列してもらった女性の実家へ挨拶《あいさつ》へ行った。本来の順番が後先逆になったことの失礼を詫《わ》び、結婚の許しを願い出るはずだったが、互いの緊張からか、あいまいな形に流れてしまい、それでも受け入れてもらえた雰囲気にほっとした。

夜、不意に、ずっと背負っていたものを下ろしてよいと言われた気がして、彼女の肩を借り、初めて父の死を想って泣いた。さまざまなものにとらわれていた自分を解放し、腹の底から噴き出すように声を上げた。何も考えずに泣けたのは、たぶん子どもの頃以来だった。父を失って切れた感情が、新しい家族を持つことを決めた日に、戻ってきた。なおしばらく淡々と泣いて、ようやく少し気持ちが軽くなった。

二〇〇四年一月一七日。阪神大震災九年目の日、母へ電話した。震災の翌日だから命日を忘れることはないねと、一周忌のときに母は口にし、以来毎年といっていいほど、そのことを話す。むろん違う日であっても、忘れたはずはないが、テレビでは必ずこの「日」を取り上げるため、画面の向こうの追悼のろうそくの灯を見ながら、しぜんと、そうか明日なんだと思い出す。母はもう前日に墓参りをすませており、明日は高齢者のカラオケ教室へ参加するのだと明るい口調で答えた。わたしは新しい『家族狩り』を書き上げて、第一部の発売を十日後に控えていた。

では、また『巡礼者たち』のおりに。

二〇〇四年二月

天童荒太

この作品は、一九九五年十一月に新潮社から刊行した
『家族狩り』の構想をもとに、書き下ろされた。

贈《おく》られた手《て》
家族狩り 第三部

新潮文庫　て-2-4

平成十六年四月一日発行
平成十六年十一月二十日八刷

著者　天《てん》童《どう》荒《あら》太《た》
発行者　佐藤隆信
発行所　株式会社新潮社

郵便番号　一六二―八七一一
東京都新宿区矢来町七一
電話 編集部(〇三)三二六六―五四四〇
　　 読者係(〇三)三二六六―五一一一
http://www.shinchosha.co.jp

価格はカバーに表示してあります。

乱丁・落丁本は、ご面倒ですが小社読者係宛ご送付ください。送料小社負担にてお取替えいたします。

印刷・二光印刷株式会社　製本・憲専堂製本株式会社

ISBN4-10-145714-X C0193